LIEBE, TOD UND COCKTAILS

Dieter Hornung

LIEBE, TOD UND COCKTAILS

Kriminalroman

Impressum

Bibliografische Information der Deutschen Nationalbibliothek:
Die Deutsche Nationalbibliothek verzeichnet diese Publi-
kation in der Deutschen Nationalbibliografie; detaillierte
bibliografische Daten sind im Internet über
http://dnb.dnb.de abrufbar.

Lektorat: Regina Hornung
Korrektorat: Malaika Kizakis

Herstellung und Verlag: BoD – Books on Demand, Nor-
derstedt

ISBN: 9783754313329

Eine Löwin braucht nicht zu brüllen, um die Menge in
Ehrfurcht zu halten.
Afrikanisches Sprichwort

Alles, worauf die Liebe wartet, ist die Gelegenheit.
Miguel de Cervantes

INHALTSVERZEICHNIS

INHALTSVERZEICHNIS

INHALTSVERZEICHNIS

Ankunft

Die große Kakerlake wuselte hin und her, bei dem Versuch die Zelle zu verlassen. Daniel würde sie gerne unterstützen. Aus der Gefängniszelle herauskommen würde ihm auch sehr gefallen. Es war warm hier drinnen und die Luft war stickig. Die Wärter waren nicht unfreundlich, weil er versprochen hatte, keinen Ärger zu bereiten. Er war gewillt, zur Aufklärung des Falles beizutragen, so gut er konnte. Vieles hatte er schon erlebt, seit er hier in Kenia angekommen war. Freunde gefunden. Auch Feinde wie sich herausgestellt hatte, als man die Leiche fand. Die große Liebe? Daran zweifelte er nicht. Aber er saß im Gefängnis.

Was war passiert?

Schon einiges hatte sich ereignet, seit er am Moi-International-Airport in Mombasa, Kenias größter Küstenstadt gelandet ist. Nach acht Stunden Flug drängte es ihn ins Freie und er wollte so schnell wie möglich seinen neuen Aufenthaltsort erkunden. Aber da machten die kenianischen Flughafenmitarbeiter und die Beamten der Einreisebehörden nicht mit. „Pole Pole", langsam langsam war das Motto. Und so verging eine gewisse Zeit, bis er mit Koffer, Trolley und Handgepäck vor der Eingangshalle des Airports stand. Mit viel Mühe wehrte er die aufdringlichen Gepäckträger ab. Die mit ihm angekommenen Touristen hatten da weniger Glück und Geschick. Sie wurden einfach zur Seite geschoben und das Gepäck wurde ihnen vom Gepäckwagen genommen um es zehn Meter zum Bus zu tragen um dann ein Trinkgeld einzufordern. Mit Mühe zwängte Daniel sich zwischen den Gepäckträgern und den schimpfenden Touristen durch, bis er einen Afrikaner mit einer Kladde, auf der eine lange Liste lag, ausfindig machte.

„Mein Name ist Daniel Wolf, ich bin neuer Mitarbeiter des Coral-Palm Resort. Werde ich separat abgeholt oder fahre ich mit dem Touristenbus?" stellte er sich vor.

Der Afrikaner begann seine Liste von vorne nach hinten zu durchforsten. Nachdem er Daniels Name nicht gefunden hatte, suchte er die Liste von hinten nach vorne durch. Daniel hatte zwischenzeitlich einen Kleinbus mit der Aufschrift seines Hotels gesehen und steuerte selbstbewusst darauf zu. Zwei Afrikaner standen am Bus und verstauten soeben das Gepäck einer Touristenfamilie, deren Familienoberhaupt aufgeregt die Beladung streng überwachte. Als Daniel seine Reiseuttensilien übergeben wollte, fragte ihn der Mitarbeiter nach einem Coupon. Aber Daniel hatte keinen, deshalb schickte ihn der Porter zum Listenmann zurück. Dieser hatte inzwischen den Namen Wolf auf der Liste gefunden. Mit einem strafenden Blick und dem Kommentar „Pole Pole" übergab er Daniel einen rosa Coupon mit der Nummer 12 und schickte ihn zum Bus zurück, von dem er eben erst gekommen war. Der Porter nahm den Zettel entgegen und auch das Gepäck, doch bevor er dieses in den Bus einlud, hielt er Daniel die offene Hand entgegen. Er ignorierte es und stieg in den Bus, um sich an einem Fenster zu platzieren. Groß war der Bus nicht, maximal 12 Personen hatten Platz. Mit Daniel saßen 10 schon auf den Sitzen, als der Fahrer den Motor startete. Der Porter kam ebenfalls in den Bus und Daniel sah seinen Koffer samt Trolley immer noch neben dem Fahrzeug stehen. Seufzend zog er eine zwei Euromünze aus der Hosentasche und übergab diese dem Porter, mit dem Ergebnis, dass nun auch sein Gepäck in den Laderaum wanderte.

Nachdem der Bus das Flughafengelände verlassen hatte, befanden sie sich auf einer Art Stoßdämpferteststrecke. Also ein Weg mit vielen tiefen Schlaglöchern. Nur dumm, dass der Bus keine Stoßdämpfer mehr hatte. Der Fahrer bemühte sich, den Löchern auszuweichen, was allerdings sehr schwierig war. So fuhr er, so langsam wie möglich, durch die nicht so tiefen ausgefahrenen Stellen um seinen ohnehin schon sehr betagten und verrosteten Bus nicht noch mehr zu beschädigen. Vorbei ging es an schmutzigen Hütten aus Blech. Durch die meisten konnte man durchschauen, da sie weder Tür noch Fenster hatten. Jetzt, am frühen Morgen, sah man an zentralen Plätzen in dem Hüttenchaos Feuerstellen mit Kochkesseln darauf und dunkelhäutige, mit Decken verhüllte Gestalten drum herum. Nach kurzer Fahrzeit erreichte der Busfahrer wohl die Hauptstraße. Das war an den weniger werdenden Schlaglöchern zu erkennen. Erleichterung machte sich im Bus breit. Die Kinder der Touristenfamilien waren schon den Tränen nahe gewesen und die Erwachsenen hatten den zweifelhaften Gesichtsausdruck aufgelegt, der sagte: „Hier wollten wir doch bestimmt nicht hin, oder?"

Die Straße wurde von Kilometer zu Kilometer besser und die Schlaglöcher wurden immer weniger. Der Bus fuhr nordwärts Richtung Shanzu Beach und zwischen den einzelnen Gebäuden am Straßenrand sah Daniel zum ersten Mal die rote Sonne Kenias aufgehen. Dann wurde es still im

Bus, denn man hatte den Außenbezirk der Hafenstadt Mombasa erreicht. Was sich hier auf und neben den Straßen abspielte, war sehenswert und keiner wusste, wo er zuerst hinsehen sollte. Da wurde direkt an der Straße ein Truck repariert. Dabei wurde geschweißt und geschliffen und gehämmert, dass Augen und Ohren schmerzten. Ein paar Meter weiter war auf einem Holzpodest kunstvoll Obst und Gemüse in kleinen Pyramiden zum Verkauf aufgebaut. Auf der anderen Straßenseite wurde ein Truck mit Zement beladen. Aber nicht in Säcken, wie in Europa, sondern mit der Baggerschaufel, sodass die umliegenden Hütten und Gegenstände alle grau waren. Auch das ließen die Neuankömmlinge hinter sich und Daniel beneidete die Touristen dafür, dass sie hier nur Urlaub machten und nach zwei Wochen wieder abreisen würden. Er aber hatte einen Zweijahresvertrag unterschrieben und das erschien ihm nach den ersten Eindrücken sehr, sehr lang.

Nach einer 30-minütigen Fahrzeit bog der Kleinbus von der Hauptstraße in eine schmale Seitenstraße ab und stand kurze Zeit später vor einer rotweißen Schranke. Aus einem kleinen Wärterhäuschen kam ein sehr großer Afrikaner in einer dunklen Uniform zum Bus, warf einen Blick hinein und eilte zur Schranke um diese mit einem Seilzug aufwärts zu schwenken. Der Bus fuhr hindurch und nach wenigen Metern starrten alle Insassen überrascht durch die Fenster. Einen wundervollen Anblick bot der große Garten, soweit er zu sehen war. Zwischen einigen riesigen Affenbrotbäumen und hohen Kokospalmen waren kleine Feuchtbiotope angelegt. Dazwischen mit weißgelben und roten Blüten Frangipani Bäume. Eine sehr große Rasenfläche zog sich am Blickfeld entlang. Der Bus fuhr unter das Dach der Einfahrt und die Augen richteten sich auf den Eingangsbereich des Shanzu Beach Resort. Die drei runden Makutidächer ruhten auf einer Anzahl von Betonsäulen, die mit weißen Kalksteinen verblendet waren. Über der Eingangstreppe befand sich das hölzerne, geschnitzte Hotelschild. Mehrere Mitarbeiter des Hotels standen schon zum Empfang bereit, als die ersten Touristen ausstiegen.

„Jambo, Jambo" riefen sie den Neuankömmlingen zu und reichten kleine Gläser mit gekühltem Ananassaft. Erfrischungstücher wurden verteilt, denn es war mittlerweile schon recht warm an diesem Morgen. Die Gäste bat man weiter in die Empfangshalle und Daniel schloss sich einfach an. Bewundernd schaute er die offenliegende Holzkonstruktion der Makutidächer von der

Einfahrt an, die sich in der Halle fortsetzten. An der Rezeption stand eine junge attraktive Afrikanerin, die sofort seine Aufmerksamkeit erregte. Er schätzte sie auf Mitte Zwanzig, ungefähr in seinem Alter. Die mehr als mittelgroße Frau war in die traditionellen rotschwarzen Tücher mit dem Massaischild und den gekreuzten Speeren gekleidet. Das lange Haar war zu Zöpfen geflochten und rund um den Kopf gelegt. Das filigrane Gesicht mit der geraden Nase und den leicht aufgeworfenen Lippen wurde beherrscht von einem blitzenden Augenpaar in brauner Farbe. Soeben hatte die junge Dame auch Daniel bemerkt und ihr wohlwollender Blick blieb ein wenig länger auf ihm haften, als es notwendig gewesen wäre. Dann wurden die leeren Gläser und die Reisepässe eingesammelt und die Dame an der Rezeption verglich die Daten der Pässe mit denen in ihrem Computer. Nach eingehender Prüfung zog sie einen Umschlag aus einer Schublade und reichte diesen an eine Kollegin mit den Worten:

„Die Familie Hartmann bekommen die Zimmer 306 und 308 im Coral-Palm Resort. Bitte begleite die Gäste dorthin."

Auch die zweite Familie wurde abgefertigt, so dass nur noch Daniel vor der Rezeption stand.

Die dunkelhäutige Schönheit ließ noch einmal ihren Blick über ihn schweifen, um dann intensiv in ihren Computer zu suchen.

„Ich bitte um Entschuldigung, aber unter den Gastanmeldungen werden Sie meinen Namen nicht finden" wandte sich Daniel an die schöne Rezeptionistin.

„Und warum nicht?" wunderte sie sich.

„Ich bin der neue Mitarbeiter für das Coral-Palm Resort. Mein Name ist Daniel Wolf" klärte er auf.

Verwundert und etwas unwirsch schaute sie sich den Pass und den Mann nochmals an, bis seine Worte zu ihr vordrangen.

„Dann sind Sie also der lang erwartete Mitarbeiter von Lazarus. Entschuldigung, ich war nur auf Gäste eingestellt. Also dann, Jambo und Karibuni, Herr Kollege."

Die beiden Worte Jambo und Karibuni entstammen der Suaheli-Sprache. Jambo bedeutet „Hallo oder Guten Tag" und wird bei jeder Gelegenheit und Tageszeit benutzt. „Karibuni" besagt so viel wie „Herzlich Willkommen".

„Danke, schön dass Sie mich gleich als Kollege anerkennen, dann können wir uns ja auch gleich beim Vornamen nennen. Einverstanden? Ich heiße Daniel."

„Ähm ja" das war ihr eindeutig zu schnell, aber sie reichte ihm die Hand und sagte:

„Ich heiße Jamila und bin hier am Empfang des Shanzu Beach Resort zuständig für die Verteilung der Gäste auf alle drei Resorts."

„Ich freue mich Dich kennen zu lernen" erwiderte Daniel und ergriff erfreut ihre Hand. Etwas zu lange dauerte der Händedruck schon, aber er nutzte die Gelegenheit, um sich in die bezaubernden Augen Jamilas zu vertiefen.

Jamila senkte den Blick, löste die Hände und trat einen Schritt zurück, aber nur einen. „Eine sehr nette Erscheinung" dachte sie sich. Dann ergriff sie den Telefonhörer hinter der Rezeption und sprach ein paar Worte in Suaheli.

„Lazarus erwartet Dich an der Rezeption vom Coral-Palm Resort. Michael wird Dich und das Gepäck hinüberbringen" gab Jamila ihm Bescheid.

„Ich danke Dir. Wir sehen uns dann hoffentlich öfters hier in der Anlage?" fragte Daniel.

„Es wird sich nicht vermeiden lassen" konterte Jamila und lächelte ihn verschmitzt an. Als er sich zum Gehen wandte, musterte sie die äußerst männliche Erscheinung und ihre Augen blitzten vergnügt.

Daniel war schon beachtenswert. Auf 180 Zentimeter Körpergröße verteilte sich ein sehr durchtrainierter, sportlicher Körper. Das sonnengebräunte Gesicht war, für einen Mann, attraktiv geschnitten. Die dunkelbraunen gepflegten Haare waren in einem modischen Schnitt und ließen den Blick auf die recht zierlichen Ohren zu. Wenn er lächelte, blitzten zwei Reihen gleichmäßige, weiße Zähne hervor. Die graublauen Augen passten zu ihm und waren ständig in Bewegung, um alles zu sehen. Seine gepflegten Hände machten trotzdem den Eindruck, als ob sie kräftig zupacken könnten. Dazu gefielen die muskulösen Schultern und Oberarme. Die schmale Taille und der leichte, tänzelnde Gang fiel Jamila noch auf, während sie Daniel nachsah.

Lazarus

Lazarus Watonge erwartete Daniel an der Rezeption des Coral-Palm Beach Resort. Lazarus war Kenianer arabischer Herkunft. Als solcher kleidete er sich gerne traditionell mit einem weißen knöchellangen Gewand, welches Kandora oder Dishdasha genannt wird und wie ein Kaftan getragen wird. Dazu eine Ghutra oder Kufiya auf dem Kopf, was wie ein Hut ohne Krempe aussieht und den Oberkopf bis zu den Augenbrauen bedeckt.

Auf die Kopfbedeckung hatte Lazarus heute verzichtet, aber den Kaftan hatte er an, während Daniel auf ihn zusteuerte.

Ein breites Lächeln ging über das ansonsten schmale Gesicht von Lazarus und zeigte dabei seine weißen Raubtierzähne. Die Nase war breit und knubbelig und die Augen von dunkler Farbe. Ein feiner Flaum Haare umrahmte das Gesicht und das weiße des Augapfels war, wie bei den meisten Afrikanern, leicht trüb.

„Jambo, Du bist sicher Daniel. Ich warte schon sehnsüchtig auf Dich. Ich heiße Lazarus. Wie war deine

Reise?" schallte es Daniel entgegen. Die Stimme war laut, klar und hatte einen sehr angenehmen Klang.

„Vielen Dank, Lazarus. Ich fliege nicht gerne, also bin ich froh endlich gelandet zu sein."

„Hast Du schon einen Begrüßungstrunk bekommen?"

„Ja, Danke. Jamila hat mich sehr nett und freundlich begrüßt" informiert Daniel.

„Ach ja. Und vorgestellt habt Ihr Euch auch schon." Lazarus wirkt etwas überrascht. Zu Michael gewandt sagt er „Bring bitte das Gepäck in das Managerappartement, wir kommen gleich nach."

„Daniel, möchtest Du Dich erst etwas erfrischen oder steigen wir gleich in die Informationen ein?"

„Erfrischen und Kleidertausch wäre mir am liebsten."

So folgten die beiden dann dem Porter in den vierten Stock eines langen schräg zum Meer stehenden Gebäudes. Durch den offenen auf der Rückseite des Hauses liegenden Treppenaufgang gelangten sie an die Eingangstür des Appartements. Dieses war auf die dritte Etage aufgebaut und alleine angeordnet. Die Tür zeigte eine sehr schöne

Schnitzarbeit im afrikanischen Stil mit einer Giraffe, so hoch wie die Tür. Das Appartement bestand aus einer kleinen Kochecke, die rechts hinter der Tür begann. Links an der Wand stand ein großer Schrank, daneben ein Schreibtisch mit einem Stuhl davor. Durch einen durchsichtigen Vorhang abgetrennt, schloss sich der Schlaf-Wohnbereich an, mit einem großen Bett, über dem ein Moskitonetz von der Decke hing. Rechts neben dem Bett standen zwei kleine Sessel und ein niedriger Tisch mit einer Blumenvase, in der eine Hibiskusblüte eingesteckt war. Neben dem Bett war der Eingang zum Badezimmer. Dort befand sich linker Hand die Toilette, darüber ein Fenster. Daneben, abgeteilt durch einen Plastikvorhang das Waschbecken mit Regalen und einem großen Spiegel. Durch einen ausladenden Duschvorhang war die begehbare Dusche nochmals abgeteilt. Von der Nasszelle aus gelangte man durch eine große Glasschiebetür auf die geräumige Terrasse. Eine weitere Glasschiebetür trennte den Wohn-Schlafbereich vom Außenbereich. Auf dem Balkon standen zwei kleine Sessel, ein niedriger Tisch und ein Sonnenschirm in einem Betonständer. Vom Wohn-Schlafbereich hatte Daniel über den Balkon einen herrlichen Blick auf das blaue Wasser des Indischen Ozean.

„Wie gefällt es Dir?" fragte Lazarus.

„Ich bin sicher, hier werde ich mich sehr wohl fühlen. Habe ich denn außer dem traumhaften Ausblick auch noch Internet und Wlan?" wollte Daniel wissen.

„Du hast hier am Schreibtisch einen Internetanschluss und Wlan ist in der ganzen Anlage frei verfügbar. In der Schreibtischschublade befindet sich ein Dokument mit den Anmeldeinstruktionen und den Passwörtern für das Netz und das Wlan. Du kannst maximal vier Geräte anmelden. Reicht das?" informiert Lazarus.

„Ja natürlich, bestens. Ich habe nur Handy und Laptop, das genügt."

„Gut, dann mach Dich frisch. Wir treffen uns in 30 Minuten in der Eingangshalle an der Rezeption, ok?"

„Super. Eine Frage noch, gilt für uns denn ein Dresscode?"

„Ja, gut dass Du fragst. Kurzarmhemd in Weiß oder anders einfarbig. Keine grellen Farben bitte, nicht Rot oder Grün, Dunkelblau ist dagegen ok. Lange Hose, tagsüber ist die Farbe egal, am Abend bitte schwarz. Socken und geschlossene leichte Schuhe, auch sportlich. Am Abend Lederschuhe. Und bevor Du fragst, ja ich trage eine lange Hose und Schuhe unter meinem Kandora" lacht Lazarus.

Dann war Daniel alleine. Während er duschte, fragte er sich, ob das wirklich eine gute Entscheidung war hierher zu kommen. Zuhause war er im Hotel seiner Eltern aufgewachsen und hatte das Hotelfach von der Pike auf gelernt. Durch den Verkauf des Hotels an eine große Hotelkette war er als unzufriedener Hotelmanager übernommen worden. Recht schnell wollte er aber raus aus „seinem" Hotel, denn mit den neuen Eigentümern kam er nicht zurecht. Das Angebot der African Safari Hotelerie hatte er deshalb sehr zügig angenommen. Jetzt würde sich zeigen, ob seine Entscheidung richtig war. Warum kam ihm dabei die nette Rezeptionistin Jamila in den Kopf? Bevor er sich ankleidete, betrat er den Balkon und studierte von oben das Gelände und die Gebäude. Am anderen Ende seines Gebäudetraktes sah er ein weiteres Appartement, spiegelgleich dem, welches er bewohnte.

Das Coral-Palm Resort

Lazarus hatte Daniel an der Rezeption erwartet und sie waren dann zum Frühstück gegangen. Auch der große Speisesaal war von einem Makutidach überspannt. Die offene Holzkonstruktion war dabei von außen mit Palmwedeln – Makutis – gedeckt. An den großen Stützen waren in angenehmer Unauffälligkeit die elektrischen Lampen installiert. Die Außenfront bestand aus Betonpfeilern, die gleich dem Hoteleingang, mit weißen Kalksteinen verschönt waren. Zwischen den Pfeilern befanden sich große Glasschiebetüren, so dass der Speisesaal ringsum zu öffnen war. Die hölzerne Doppeltür vom Eingang des Saales war mit einer stilvollen Schnitzarbeit verziert. Hier war ein jagender Löwe mit Gazellen dargestellt. Links neben der Eingangstür stand auf einem runden Tisch mit acht Stühlen das Schild „Managertisch." Hier hatten sich die beiden niedergelassen, nachdem sie sich vom Frühstücksbuffet mit Toast, Butter, Wurst und Käse versorgt hatten. Gerade wurde der Kaffee von einem Waiter in zwei Kännchen gebracht. Besteck und Tassen befanden sich bereits auf dem Tisch, ebenso Zucker und Milch.

„Seit mehr als einem Jahr bin ich nun Manager der beiden Resorts Coral-Palm und Paradies. Ich bin sehr froh, dass Du nun da bist um mich zu entlasten."

„Ich freue mich auch sehr auf meine neue Aufgabe" so Daniel.

„Um Dir die Freude lange zu erhalten, werde ich Dich umfassend informieren, dass Du die Leitung des Hotels auch sehr schnell in den Griff bekommst. Außerdem bist Du mir sehr sympathisch und ich hoffe wir werden gute Freunde" entgegnet Lazarus und denkt an Jamila.

„Als erstes musst Du wissen, dass alle Mitarbeiter in den drei Resorts Coral-Palm, Shanzu und Paradies Afrikaner sind. Unser Hauptmanager Volker, seine Frau Sabine und Du, Ihr seid die einzigen Europäer hier in der Hotelanlage."

War das eine Information oder eine Warnung? Daniel nahm sich vor, darüber nachzudenken.

„Aber" fuhr Lazarus fort „Afrikaner sind nicht gleich Afrikaner und Kenianer sind nicht alle gleich. Wir beschäftigen hier viele Menschen von unterschiedlichen Volksstämmen. Es gibt Mitarbeiter vom Stamme der Kamba, der Turkana, der Giriama und der Kikuyu. In der

28

Mehrzahl sind sie Giriama. Sie sind alle sehr freundlich und helfen wo sie können. Sie lernen schnell und setzen dies auch um. Aber wenn Du sie schlecht behandelst, sind sie sehr nachtragend. Jamila, zum Beispiel, ist eine Frau vom Stamme der Kikuyu."

Warum hatte Lazarus ausgerechnet Jamila erwähnt? Daniel beschloss, sehr aufmerksam zu sein.

„Alle Mitarbeiter sprechen Englisch und die meisten auch Deutsch. Sie haben recht schnell gelernt, dass mit der Freundlichkeit und der Sprachkenntnis auch die Höhe des Trinkgeldes variabel ist. Hier im Speisesaal haben wir zwei Stämme vereint. Die Essenskellner sind größer und vom Stamme der Kikuyu. Sie tragen lange schwarze Hosen und rote Oberhemden mit den typisch kenianischen Mustern, Schild mit gekreuzten Speeren. Die Getränkekellner sind kleiner und vom Stamme der Giriama. Sie tragen grüne Oberhemden. Bitte schaue nur auf die schwarzen Schuhe, wenn sie schmutzig sind. Passend sind die wenigsten. Zum Frühstück sind nur Essenskellner anwesend und auch nur ein Drittel der Gesamtzahl. Das wechselt von Woche zu Woche. Zum Mittagessen, das in Buffetform angeboten wird, kommen dann einige Essenskellner und alle Getränkekellner dazu. Zur Teatime ist dann das komplette

Team anwesend. Der Restaurantchef hier heißt Alphonse. Zu ihm später mehr. Im Service arbeiten nur Männer, da wird mehr verdient und die meisten haben Familie und sind auf Trinkgeld angewiesen. In der Küche arbeiten drei Köche. Einer am Morgen und zum Mittag kommen die beiden anderen dazu. Dann gibt es mehrere Küchenhelfer und das sind alles Frauen. Das Küchenpersonal ist in weiß gekleidet. Siehst Du Frauen in roten Oberteilen und schwarzem Rock oder Hosen, so sind dies die Empfangsdamen und Mitarbeiterinnen an der Rezeption, so wie Jamila."

Ok, jetzt wurde es schon auffällig.

„Auch der Zimmerservice besteht aus Männern und diese sind ganz in Beige gekleidet, ohne Muster. Im Garten arbeiten auch nur Männer, die sind ganz in grün gekleidet. Die Männer am Poolservice sind in blau gekleidet. Anders als den Restaurantmitarbeitern ist es dem Poolservice, dem Zimmerservice und den Gärtnern erlaubt kurze Hosen und Kurzarmoberteile sowie Hüte oder Mützen zu tragen. Die Männer der Bauabteilung tragen blaue Arbeitskleidung und sollten nicht mit den Touristen in Kontakt kommen. Sie sind angehalten, sich sehr unauffällig zu verhalten und nur hinter den Kulissen zu arbeiten. An der Poolbar, die erst um 11 Uhr geöffnet wird, arbeiten drei Männer im Schichtbetrieb. Diese sollten bekleidet sein mit langer schwarzer Hose, schwarzen Schuhen, weißes Kurzarmhemd mit schwarzer Fliege. Frage nicht warum die Fliege, ist halt so. Die Männer von der Poolbar sind nicht nur zur Getränkeausgabe und Touristenbelustigung da, sie müssen auch immer den Getränkebestand aktuell halten und ständig auffüllen. Jede Abteilung hat einen Chef. Alphonse, den Chef des Speisesaales wirst Du gleich kennen lernen, die anderen im Laufe der Zeit. Deine Aufgabe wird es sein, zu überwachen, dass alles reibungslos verläuft. Die Personaleinteilungen machen die Chefs selbst, aber wenn es Probleme gibt, wirst Du herbeigeholt. Du entscheidest, ob ein Mitarbeiter Urlaub bekommt oder bei Krankheit freigestellt wird. Wenn jemand entlassen werden soll oder eingestellt wird, dann musst Du das mit Volker, unserem Hauptmanager besprechen. Du musst mit dem Restaurantchef abstimmen, was an Lebensmittel und Getränken gebraucht wird und dies an Volker weitermelden, dass diese Sachen eingekauft werden. Kümmere Dich um die Leute vom Zimmerservice und vom Pool. Wo werden Einrichtungsgegenstände oder eine Klimaanlage oder neue Poolliegen gebraucht. Und kümmere Dich vorwiegend um unsere Gäste. Wenn alle zufrieden sind, dann ist es hier das Paradies auf Erden. Wenn nicht, hast Du hier viel zu tun. Aus Erfahrung gesprochen, hast Du hier nicht oft das Paradies."

„Sehr schön, das ist ja ganz ermutigend" bemerkt Daniel. „Habe ich denn auch ein Büro?"

„Ja natürlich. Im Bereich der Rezeption ist Dein Büro. Und dass alle Mitarbeiter und Gäste wissen, dass Du der Manager bist, bekommst Du von mir nun Dein Namensschild. Jeder Beschäftigte hat so ein Namensschild zu tragen. Außer dem Namen steht darauf auch noch der Aufgabenbereich."

„Also steht dann auf unseren Schildern Mädchen für Alles." Daniel lacht.

„Das hast Du sehr gut erkannt" stimmt Lazarus ein.

„Lass Dich von Deinen Mitarbeitern mit Vornamen ansprechen. Aber achte auf den nötigen Respekt."

„Wenn Du natürlich mit jemandem gut auskommst und auch Dich mit der Person in Deiner spärlichen Freizeit triffst, dann kannst Du mit dieser Person auch nicht so formell verkehren. Aber nur in der Freizeit oder wenn niemand dabei ist. Verstanden?"

„Ich denke schon" antwortet Daniel „Wie ist denn meine Arbeitszeit?"

„Das ist einfach. 24 Stunden an 6 Tagen. Am siebten Tage hast Du frei. Den genauen Plan bekommst Du später. An unseren freien Tagen werden wir durch die anderen Manager vertreten, dass immer ein Ansprechpartner da ist. Volker wird von mir vertreten, ich vertrete Dich oder Antony Kashima vom Shanzu Hotel und Ihr vertretet mich, je nach Anwesenheit. Das wirst Du schon mitbekommen."

Da trat plötzlich ein älterer Afrikaner an den Tisch. Er trug einen schwarzen Anzug mit weißem Hemd und schwarzer Fliege.

Lazarus hob den Kopf und sagte „Da ist ja der Restaurantchef. Alphonse, das ist Daniel Wolf der neue Manager dieses Hotels."

„Ach ja, ist dem so" war die Bemerkung von Alphonse.

Ein Augenblick betretenes Schweigen trat ein. Daniel fasste sich schnell, stand auf und streckte Alphonse die rechte Hand hin.

„Ich freue mich Sie kennen zu lernen Alphonse, und hoffe auf eine gute Zusammenarbeit."

Alphonse war überrascht von Daniels Reaktion und zögerte. Schließlich löste er die hinter dem Rücken verschränkten Arme und reichte Daniel die Hand.

„Auch ich freue mich Sie kennen zu lernen" erwiderte Alphonse, aber sein Gesicht passte nicht so recht zu dieser Aussage.

Froh über laute Geräusche aus der Küche löste Alphonse den Händedruck und stürmte in die Richtung des Lärmes.

„Du hättest nicht aufstehen müssen, Daniel. Und das mit dem Händeschütteln ist hier nicht so üblich" sagte Lazarus.

„Ich werde sicherlich viele Fehler machen, aber ich möchte trotzdem nicht auf meine gute Erziehung verzichten, auch wenn manche Dinge hier nicht so üblich sind. Ich denke nicht, dass ich mich im Ansehen gegenüber

Alphonse erniedrigt habe durch das Händeschütteln." Nicht ohne eine gewisse Schärfe hatte Daniel die Erwiderung gegeben und Lazarus runzelte bedenklich die Stirn.

„Alphonse wird jetzt allen hier im Speisesaal mitteilen, dass ein neuer Manager hier ist und dies nutzen, um wieder einmal auf Umgangsformen und korrektes Benehmen gegenüber den Touristen hinzuweisen. Komm, ich zeige Dir Dein Büro."

Sie verließen den Speisesaal und bogen um die Ecke zur Rezeption, als ihnen ein sehr großer Afrikaner in blauer Hose und gleichfarbigem Hemd mit so etwas ähnlichem wie eine Polizeikappe auf dem Kopf entgegenkam. Am breiten Gürtel hatte er einen Schlagstock und in der Hand ein Walkie-Talkie. Lazarus erklärte:

„Duncan ist der Chef der Askaris. Er und seine Männer bewachen das Gelände der drei Hotels rund um die Uhr. Besonders die Personaleingänge, die Zufahrten und die Strandzugänge werden streng kontrolliert, dass die Hotelgäste durch niemanden belästigt werden. Besonders die Beachboys sind ziemlich aufdringlich. Die wirst Du auch noch kennenlernen."

Duncan salutierte, sehr zu Daniels Verwunderung und schritt weiter zur Kontrolle seiner Wachleute.

An der Rezeption trafen sie auf Anna. Sie und Eva waren die beiden Rezeptionistinnen im Coral-Palm. Eva würde am Nachmittag kommen, sie hatte die Spätschicht. Im Raum hinter der Rezeption standen zwei Schreibtische. An einem davon saß Maria. Hatte Anna schon den neuen Manager angestrahlt, so übertraf das hocherfreute Gesicht Marias dies noch. An der Seite führte eine Tür in ein weiteres Büro, das des Managers. Ein Tisch und ein Stuhl, zwei große Schränke, das war die Einrichtung. Ein Computer der älteren Generation mit einem 19 Zoll Monitor belegte den halben Schreibtisch.

„Du wirst ihn nicht oft benutzen" sagte Lazarus „wahrscheinlich nur für Notizen oder Mails. Wie Du weißt, können unsere Gäste alle Einrichtungen der drei Hotels gemeinsam benutzen. Wenn etwas verzehrt wird, stellen die Waiter eine Quittung mit dreifachem Durchschlag aus. Die Gäste schreiben Ihre Zimmernummer und den Namen in Blockbuchstaben drauf, unterschreiben und bekommen einen Durchschlag. Den zweiten Durchschlag bekommt die jeweilige Verwaltungskraft, hier bei uns Maria, die dann die

Kosten den Gästen zuordnet oder zu den anderen Hotels zur Abrechnung bringt. Dieses Büro dient Dir meist nur für Personalbesprechungen. Hier ist auch Dein mobiles Telefon. Nimm es gleich an Dich. Maria gibt Dir eine Telefonliste. Aber ein Rat von mir, stelle es am Abend in die Ladestation und nimm es nicht mit in Dein Zimmer."

Sie verließen das Büro und die Rezeption nicht, ohne dass Daniel den Damen ein Lächeln schenkte.

„Ich überlasse Dich nun Deinem Schicksal. Gehe umher und schau Dir alles an. Sprich mit den Leuten, mach Dich bekannt. Wir treffen uns zum Mittagessen im Paradies Resort. Dann wirst Du auch Volker und Antony treffen. Vielleicht ist auch Sabine dabei. Also, viel Spaß."

Nala

Nala war ein wenig nervös. Gerade hatte sie von Maria die Beschreibung des neuen Managers Daniel erfahren. Sie hatte heute Morgen gebummelt und war zu spät zur Arbeit erschienen. Nala war verantwortlich für das Touristoffice der drei Hotels. In einem Durchgang zwischen den beiden Resorts Coral-Palm und Shanzu hatte man in mobilen Regalen die Hochglanzprospekte der Angebote ausgelegt. Davor stand ein großer Schreibtisch mit einem Telefon darauf. Hinter dem Schreibtisch befand sich Nalas Stuhl und davor drei Besucherstühle. Im Touristoffice hatten die Gäste die Möglichkeit, Unternehmungen zu buchen. Ob dies eine geführte Stadtrundfahrt durch Mombasa, ein Besuch des Butterflygarden oder einen Ausflug zum Bamburi-Nature-Trail war. Nala konnte ihnen diese Erlebnisse beschreiben, für sie Termine erfragen und buchen. Ebenso waren Schiffsfahrten im Programm. Eine Dhowsafari mit einem alten arabischen Segelschiff oder ein Abendessen auf dem Barbecueschiff des Tamarindrestaurant, mit dem man die Insel auf der Mombasa lag, einmal umrundete. Ebenso ein Schlemmerbuffet mit gegrillten Langusten im Fort Jesus, dem Wahrzeichen des Hafens von Mombasa. Aber das

Hauptgeschäft waren die Safaris. Bussafari in den Tsavo-Ost-Nationalpark. Flugsafari in den Amboseli Nationalpark oder in die Massai Mara. Was des Abenteurers Herz begehrt, sie hatte es im Angebot. Aber die meisten Männer, die üblicherweise mit ihren Frauen und Kindern ins Office kamen, vergaßen, was sie hier eigentlich wollten. Beim Anblick von Nala bekamen sie große Augen und feuchte Hände.

Nala war eine afrikanische Schönheit vom Stamme der Meru. Ihre pechschwarzen Haare hatte sie zu kleinen Zöpfen geflochten, die bis zur Schulter herabhingen. Ihr ebenmäßiges Gesicht mit zwei strahlenden hellgrauen Augen unter wunderbar geschwungenen Augenbrauen war wie von einem hochtalentierten Künstler entworfen. Die kleine Stupsnase und der fein geformte Mund mit den sinnlichen Lippen waren atemberaubend schön. Abgerundet wurde das Gesicht durch zwei hübsche Bäckchen und einem zarten Kinn. Der Kopf saß auf einem durchtrainierten schlanken nicht zu zierlichen Körper der auf endlos langen Beinen ruhte. Die Figur einer Göttin, wunderschön grazil geformt und mit einem mittelgroßen herrlichen Busen. Sie trug, wie die anderen Damen an den Rezeptionen, eine rote Bluse mit dem bekannten Massai-

Muster, aber dazu eine hautenge schwarze Stoffhose mit High Heels in schwindelerregender Höhe.

Lazarus war auf dem Weg zu seinem Paradies Resort am Touristoffice angekommen und sein Blick ruhte lange und verlangend auf Nala, die dabei war, neue Angebote auszulegen.

„Jambo Nala" grüßte er sie.

„Oh, Jambo, Lazarus."

„Du bist spät" tadelte Lazarus.

„Ja ich weiß. Meine Haare wollten heute Morgen nicht so wie ich. Die waren ein wenig störrisch."

„Wie Ihre Trägerin manchmal auch. Dafür sehen sie aber toll aus."

„Ok, Lazarus. Hast Du nichts anderes zu tun, als mit mir zu flirten?"

„Doch schon, aber wenn ich schon hier bin, kann ich Dich doch nicht ignorieren, das wäre Sünde."

„Ich habe von dem neuen Manager gehört. Hast Du ihn schon eingewiesen?"

40

„Ja ein wenig. Er soll sich selbst ein Bild machen. Vielleicht kommt er auch hierher zu Dir."

„Das wäre nett. Maria ist schon ganz begeistert von Ihm und Anna schaut auch etwas verklärt aus."

„Na ja, es ist ein junger Mann, da schlagen die Herzen der Damen vielleicht etwas höher. Nur Maria muss da aufpassen, sonst geht ihr Blutdruck durch die Decke und bei ihren zwei Zentner Lebendgewicht ist das nicht ungefährlich."

„Übertreibe nicht, Lazarus. Maria ist sehr nett und für ihre Rundungen berühmt. Ich hoffe er kommt bald hier vorbei, dann lerne ich ihn auch kennen."

„Sei vorsichtig. Er ist Dein Chef. Da ist flirten verboten."

„Wie gut, dass Du nicht mein Chef bist" neckt Nala ihn.

Madame Carbone

Ein Schrei gellte durch die Anlage. Alphonse, der Restaurantchef stürzte durch eine der großen gläsernen Schiebetüren ins Freie und schaute sich besorgt um. Die beiden Jungs vom Poolservice rannten zur Liegewiese hinter der Poolbar. Alphonse wusste, wenn die zwei sich schnell bewegten, gab es großes Trinkgeld oder es war etwas Schlimmes geschehen. Gemächlich ging er in die Richtung, aus der der Schrei gekommen war. Als er um die Ecke bog, sah er die Bescherung. Ein großer Palmwedel hatte sich von der Krone gelöst und war herabgesaust, direkt auf den Kopf der dicken Italienerin. Es gab viele Gäste in den drei Hotels, aber solch einen Gast wie diese Frau wollte eigentlich niemand. Deshalb erfüllte es Alphonse schon ein wenig mit Schadenfreude, dass es sie erwischt hatte. Die beiden Jungs vom Poolservice hatten gerade den Palmwedel von der voluminösen Figur der Dame entfernt. Über und über war sie bedeckt mit kleinen stacheligen Palmteilchen. Die klebten an ihr, da sie soeben Sonnenmilch aufgetragen hatte. Auf ihrer Stirn formte sich eine Beule und aus einer belanglosen Risswunde neben dem rechten Auge quoll ein Tropfen Blut. Das war sehr unangenehm für die Hotelangestellten. So etwas durfte nicht passieren, da hatten die Gärtner nicht gut genug kontrolliert. Aber am schlimmsten bei der ganzen Sache war das Gekreische der Italienerin und das Geschrei ihres Mannes. Dieser verlangte lautstark einen Arzt, einen Krankenwagen, den Hotelmanager und einem Gin Tonic für sich. Es standen bereits weitere Gäste um die Szene herum, aber als diese sahen, dass die Sache wohl nicht so schlimm war, zerstreuten sie sich schon wieder. Mittlerweile hatte der Barkeeper der Poolbar den Verbandskasten und einen Sektkübel gefüllt mit Eiswürfeln gebracht.

„Bitte, Madame, das Eis für Ihre Beule am Kopf. Ich lege ein kleines Handtuch mit Eiswürfeln auf Ihre Stirn. Legen Sie sich einfach wieder hin, da geht das am besten" sagte Winston, der Barkeeper.

„Fass mich nicht an, Du lackierter Affe. Ich will sofort einen Arzt oder den Manager sprechen. Und einen Bacardi Cola auf Eis. Aber sofort!"

Die Miss Carbone war nicht sehr höflich, aber das hatten die Mitarbeiter des Hotels schon öfters erfahren müssen.

Alphonse schaltete sich ein. „Bitte Madame, legen Sie die Eiskompresse auf die Stirn und erlauben Sie mir, ein Pflaster auf Ihre Wunde aufzubringen."

Madame musterte Alphonse von oben bis unten, ließ sich seine Hände zeigen und nickte ihm zu.

„Gut, mach das mit dem Pflaster, aber schön vorsichtig" und zu Winston gewandt „Muss ich noch lange auf den Drink warten?"

Alphonse verarztete Madame sehr behutsam. Die kleine Risswunde war nicht der Rede wert, aber die Beule auf der Stirn wurde schon ganz schön farbig. Als er nach dem Begleiter der Dame Ausschau hielt, entdeckte er diesen, mit einem Drink, beim gemütlichen Baden im Pool.

Wo war nur der neue Manager? Dass solch ein Missgeschick gleich an seinem ersten Tag passierte, erfreute Alphonse sehr. Hatte der sofort mal eine Aufgabe vor der Brust. Die Madame war ein ungeliebter Gast. Schikanierte ständig die Mitarbeiter und benannte sie mit Schimpfnamen, während ihr Ehemann lieber über die Liegewiese spazierte und die Bikinimädchen anstarrte. Auch die Damen der Rezeption waren vor ihm nicht sicher.

Die betatschte er bei jeder Gelegenheit. Besonders auf Nala und Jamila hatte er es abgesehen. Kein Wunder, dies waren die hübschesten Mädchen in den Hotels. Aber er war nicht wählerisch. Er versuchte es bei jeder Frau, die er alleine erwischte. Das hatte sich herumgesprochen, bei den Mitarbeitern und den Gästen. Deshalb war dieses Paar nicht sonderlich beliebt und die meisten gingen ihnen aus dem Weg.

Nachdem Winston den Bacardi Cola gebracht hatte, wurde Madame etwas ruhiger und Alphonse sprach sie an:

„Miss Carbone, ich würde eine Dusche empfehlen. Wenn die kleinen Palmteile länger auf der Haut kleben, fängt es fürchterlich an zu jucken."

„Ja ist schon gut. Aber verschwinde jetzt endlich und schick mir den Manager" war die nicht sehr nette Antwort.

Clio

Clio hatte den Vorfall vom Balkon ihres Appartements beobachtet. Wie dieses italienische Paar war auch sie Langzeiturlauber und schon einige Zeit im Hotel. Sie fand es bedauerlich, dass dieser ordinären Zicke nicht mehr passiert war. Eine Kokosnuss hätte da vielmehr Schaden angerichtet. Als ehemalige Inhaberin eines Escortservices verfügte sie über die Mittel, länger Urlaub zu machen und Opfer zu suchen, zum Anmachen oder Ausnehmen, gerne auch beides. Langsam trat sie vom Balkongeländer zurück und schlenderte zu ihrer Liege. Clio liebte es, hier oben im Dachgeschoss ein Sonnenbad zu nehmen. Nackt wie immer kuschelte sie sich wieder auf die Sonnenliege. Ihre Gedanken wanderten zu dem neuen Manager. Nach ihrer morgendlichen Joggingrunde durch den märchenhaften Garten vor den Hotelgebäuden war sie bei der Rückkehr auf Jamila gestoßen, die ganz verträumt an ihrer Rezeption stand. Nach einem Schwatz unter Frauen wusste sie nun, dass er ein äußerst attraktiver Mann sein soll. Auch wohnte er in der gleichen Etage, aber sein Appartement war am Anfang des Gebäudes und ihres am Ende. Dazwischen waren keine Aufbauten, nur 20 Meter Luft und ein außen gelegener Übergang. Das könnte spannend werden. Clio ging gerne auf die Jagd, wenn die Beute lohnenswert erschien. Einen Fisch hatte sie ja schon an der Angel.

Sie war eine ausgesprochen gutaussehende Mittvierzigerin mit schlankem, sehr gepflegtem Körper, den sie auch gerne gezielt im Wettstreit mit anderen Mitbewerberinnen einsetzte. Sie war sich ihrer Schönheit und der Wirkung ihres bemerkenswerten Körpers bewusst. Schließlich war er ihr Kapital.

Das sonnengebräunte Gesicht war klassisch schön und umrahmt von einer braunen halblangen Lockenpracht. Die dunklen Augen passten wunderbar zu ihrem Teint. Das hübsche Gesicht kannte alle Facetten der unterschiedlichsten Ausdrucksmöglichkeiten und ihr Schmollmund konnte Dinge versprechen ohne ein Wort zu sagen. Aber ihre stärkste Waffe, waren ihre Brüste. Fest, mittelgroß und kein Grad nach unten geneigt mit den dunkelbraunen Brustwarzen und den großen Nippeln erregten sie stets die Aufmerksamkeit der Männer. Egal ob gut verpackt oder nur locker verhüllt, sie waren ihre Prachtstücke und wundervoll geeignet als Jagdwaffe und Köder. Da der neue Manager ja heute erst angekommen war, konnte sie sich Zeit lassen, hatte sie ja noch einen aufregenden Aufenthalt vor sich.

Daniel und Nala

„Hallo Daniel" Volker begrüßte ihn mit Handshake. „Du hattest schon einen aufregenden Morgen, wie ich hörte."

„Nun ja, es war nicht einfach die Madame zu beruhigen. Aber nach dem zweiten Bacardi Cola aufs Haus wurde sie etwas zugänglicher. Sie fragte noch nach einem Dinner in der Emerald Cave, aber da musste ich Ihr klar machen, dass dies meine Kompetenzen überschreite und ich erst mit Dir Rücksprache halten muss" informierte Daniel.

„Lade sie ein in das Spezialitätenrestaurant. Die beiden sind zwar nicht sehr beliebt, aber sie geben gute Trinkgelder und sie sind noch mehrere Wochen hier und könnten noch Probleme bereiten. So können wir sie bei Laune halten" entschied Volker.

Sie saßen beim Mittagessen im Paradies Resort. Mit Lazarus hatte Daniel schon Kontakt. Jetzt hatte er auch Antony, den Manager des Shanzu Resort getroffen. Volker war der Chef der drei und für den Einkauf der Lebensmittel zuständig. Ebenso die personellen Probleme wurden von ihm entschieden. Er hatte in jeder Angelegenheit die letzte Entscheidung.

Antony meldete sich vor dem Nachtisch zu Wort: „Die Beschwerden gegen dieses italienische Paar werden immer lauter. Sie schikaniert und beleidigt in allen Resorts die Mitarbeiter und er versucht jede Frau – egal ob Gast oder Angestellte – anzutatschen. Gestern Abend an der Bar nannte Sie einen Barkeeper einen schwarzen Affen. Wir sollten uns das nicht länger gefallen lassen. Daniel sollte Ihnen klar zu machen, dass das so nicht geht. Irgendwann rastet mal einer aus. Dann haben wir ein großes Problem."

Volker hatte es Daniel überlassen, den Versuch zu unternehmen, die beiden zu Vernunft zu bringen. Er wollte nur im äußersten Notfall einschreiten. So standen die drei Hotelmanager nach dem Essen am Pool und beratschlagten, wie Daniel es angehen sollte. Da keiner einen besonders guten Rat hatte, trennten sie sich.

Antony begleitete Daniel ein Stück und fragte dabei:

„Wie machst Du es denn so mit der Anrede bei Deinen Mitarbeitern?"

„Ich lasse mich mit Vornamen anreden, aber formell. Also Mister Daniel. Mit einigen habe ich schon gesprochen und hatte dabei ein gutes Gefühl" erklärte Daniel.

„Dann hattest Du wohl bei Miss Jamila ein sehr gutes Gefühl" erwiderte Antony und sah Daniel ernst an.

Daniel wurde vorsichtig. Etwas an Antonys Gesicht warnte ihn. Er schaute freundlich drein, aber die Augen lachten nicht mit. Sie hatten einen verschlagenen Ausdruck.

Daniel wollte noch etwas sagen, aber Antony drehte sich um und ging einfach weg. Daniel zuckte die Schultern und lief an der Rezeption vorbei, ohne Jamila zu Gesicht zu bekommen. Im Durchgang zum Coral-Palm sah er die Aufbauten des Touristoffice, und als er um die Ecke bog, stand Nala vor ihm.

Sie hatte einige Papiere in der Hand und wollte wohl gerade in die Hauptverwaltung, die hinter dem Paradies Hotel lag. Daniel stand vor Nala und war keiner Reaktion fähig. Mit offenem Mund blieb er bewegungslos und starrte sie an.

Nala war ihrerseits ebenso überrascht wie Daniel. Aber sie fasste sich etwas schneller und sagte ganz vorsichtig:

„Jambo, Habari?"

Daniel war noch immer sprachlos. Hatte er so eine hübsche, attraktive Frau hier nicht erwartet. Alles an Nala schien perfekt und erst nach einer endlos scheinenden Zeit fand er seine Stimme wieder:

„Jambo, Mzuri sana" bedankte er sich auf die Begrüßungsformel Habari, zu Deutsch -Wie geht´s-, in gutem Suaheli - Danke Gut -.

Nachdem er seine Sprache wiedergefunden hatte, kam auch langsam seine Körperbeherrschung wieder und er schloss als Erstes den Mund, um ihn gleich von Neuem auf zu machen.

„Ich bin Daniel, der neue Manager" stotterte er trotzdem noch ein wenig verblüfft.

„Es freut mich Sie kennenzulernen. Ich bin Nala. Das Touristoffice ist meine Aufgabe."

„Äh ja, ähm, sehr schön. Ich freue mich auch Deine Bekanntschaft zu machen."

Während einigen Schweigesekunden wobei sie sich gegenseitig eingehend interessiert musterten, kehrten bei

Daniel alle lebenserhaltenden Funktionen vollständig zurück und er wurde auch gleich offensiv.

„Du kennst Dich ja dann super aus hier und könntest mir an meinem nächsten freien Tag einige lohnende Ziele zeigen" lächelte er sie an.

„Ja das kann ich gerne für Sie arrangieren, wenn mein freier Tag mit dem ihren zusammenfällt" antwortete Nala und lächelte verhalten zurück.

„Es würde mir gut gefallen, wenn wir nicht so formell sein würden" meinte Daniel.

„Das wird hier aber nicht so gerne gesehen, wenn man mit dem Chef eine intime Anrede pflegt" wich Nala aus.

Daniel überlegte einige Sekunden und sagte dann: „Da ich der Chef hier im Coral-Palm bin möchte ich das aber. Das mache ich nicht bei allen so. Aber bei Dir würde es mich sehr freuen."

„Gut, ok, Daniel. Wenn es Dich glücklich macht?"

„Sehr sogar. Vielen Dank."

Etwas verlegen schaute Nala ihn an, kaute an ihrer Unterlippe und sah ihm dann direkt in die Augen.

Daniel war überrumpelt von dieser Aktion, aber er hielt dem Blick dieser wundervollen Augen stand und genoss den Augenblick mit dieser bezaubernden Frau.

„Ich muss los, die Ausflüge buchen in der Verwaltung. Wir sehen uns ja jetzt öfters" sagte Nala dann unvermittelt.

„Das hoffe ich. Wenn Du hier etwas brauchst, oder etwas verändern möchtest, oder für irgendetwas meine Hilfe brauchst, lass es mich wissen" ereiferte sich Daniel.

„Ja das mach ich sehr gerne, wobei ich vermute, dass Du wohl eher Unterstützung brauchst. Wir werden sehen. Bis dann. Kwaheri – Auf Wiedersehen." Nala lächelte ihn noch an, bevor sie sich umdrehte und auf ihren High Heels in einem sehr selbstbewussten Gang davonging.

Als Daniel sich abwandte, um zum Pool zu laufen, sah er Anna und Eva an der Rezeption stehen, die ihn mit großen verklärten Augen ansahen.

Auszeit

Daniel ging am Speisesaal vorbei, gerade als Alphonse die Tür schließen wollte. Kurz entschlossen lief er zu dem Restaurantchef und fragte:

„Jambo, Alphonse. Alles in Ordnung im Speisesaal?"

„Natürlich Mister Manager, in meinem Bereich ist immer alles in Ordnung" antwortete er und schloss die Tür direkt vor Daniels Nase.

Überrascht von dieser Reaktion wandte er sich ab und ging am Pool vorbei zur Liegewiese. Nirgends entdeckte er das italienische Paar, von denen er nun auch den Namen wusste. Matteo und Lucina Carbone aus Florenz, Langzeiturlauber über drei Monate und wohl stinkreich. Die beiden hatten eine Beachside-Suite an den Klippen gebucht, mit traumhaftem Ausblick auf das Meer. Aber auch da waren sie nicht zu finden.

Er brauchte eine Auszeit, dafür setzte er sich auf eine Bank, die notdürftig vor Blicken geschützt an den Klippen stand. Linker Hand war in geringer Entfernung eine kleine natürliche Aussichtsplattform in die Felsen gehauen. Von dieser Plattform hatte man einen exquisiten Blick auf den wunderbaren, sanft geschwungen Shanzu Beach mit dem strahlend weißen feinen Sand und dem türkisfarbenen Wasser. Am Ausgang der kleinen Terrasse begannen die Treppen, die zum Strand hinab führten. Es war heiß und Daniel schwitzte ein wenig, obwohl er sich in der Sonne sehr wohl fühlte. So saß er über eine viertel Stunde und überlegte, wie er die Familie Carbone dazu bringen konnte, etwas respektvoller mit den Afrikanern umzugehen. Plötzlich hatte er das Gefühl beobachtet zu werden. Als er sich möglichst unauffällig suchend umschaute, sah er in einiger Entfernung an der Poolbar eine Frau, die ihn anschaute.

Clio hatte beschlossen, nachdem sie den neuen Manager beim Mittagessen nicht angetroffen hatte, erst einmal einen Drink an der Poolbar zu nehmen. Zum Lunch kamen die meisten Urlauber direkt von der Liegewiese in den Speisesaal. Die Männer mit T-Shirt und kurzer Hose und mit Badelatschen. Die Frauen banden sich ein Wickeltuch über den Bikini und stöckelten mit ausgelatschten Pantoletten herum. Meistens waren die Wickeltücher lang genug, um den bloßen Bauch zu verbergen. Bei vielen war es leider nicht möglich, so dass die Wölbung mehr oder weniger frei zu sehen war. Bei Damen mit Badeanzug mochte man dies noch akzeptieren. Aber bei den Frauen mit Bikini kam es schon mal vor, dass sie sich am Buffet den Bauch mit Essen verklebten.

Nicht so bei Clio. Das entsprach nicht ihrem Stil und sie konnte die Frauen nicht verstehen, dass sie so nachlässig herumliefen. Sie hatten Urlaub, da konnten sie sich doch pflegen und hübsch anziehen, auch tagsüber. Clio war 30 Minuten vor dem Lunch von ihrem Strandspaziergang zurückgekommen und in ihr Appartement gegangen. Den Bikini wusch sie aus und hängte ihn zusammen mit dem Wickeltuch auf dem geräumigen Balkon auf einen Wäscheständer. Dann begab sie sich unter die Dusche und cremte sich danach mit einer nach Pfirsich duftenden Lotion den ganzen Körper ein. Sie bedauerte es sehr, dass dabei der Rücken immer zu kurz kam. Dann schlüpfte sie in einen winzigen naturfarbenen Slip, streifte ein knielanges, luftiges Sommerkleid über, welches vorne einen etwas hochgezogenen Rundausschnitt und hinten einen weiten Ausschnitt fast bis zum wohlgeformten Po hatte. Ein Paar leichte Sandalen mit mittelhohem Absatz und ein großer, weißer Hut zum hellblauen Kleid rundeten das gelungene Bild ab. So ging Clio in den Speisesaal. Von Kopf bis Fuß eine Dame.

Nun saß sie an der Poolbar. Vor sich einen alkoholfreien Caipirinha „Ipanema" als sie Daniel an den Klippen auf der Bank sitzen sah. Nach der Beschreibung von Jamila konnte sie ihn einwandfrei identifizieren. Er schien sie bemerkt zu haben, denn er schaute sich suchend um, bis er in ihre Richtung sah. Langsam erhob er sich und kam zur Poolbar geschlendert, seinen bewundernden Blick auf Clio gerichtet.

„Jambo, mein Name ist Daniel. Ich bin der Hotelmanager" stellte er sich vor.

„Jambo, ich bin Clio. Langzeiturlauberin aus Deutschland."

„Ich hoffe es gefällt Dir hier im Hotel, oder hast Du etwas zu bemängeln?"

Daniel schlug sofort einen ungezwungenen Ton an.

„Das Hotel und das Personal sind sehr gut. Alle sind sehr bemüht und die Einrichtungen hervorragend gepflegt."

„Das höre ich gerne" bemerkte Daniel, der nun direkt neben Clio an der Bar stand.

„Das einzige Manko, es gibt nicht genug attraktive, interessante und alleinstehende Männer hier" lächelte sie „aber das hat sich ja jetzt gebessert" führte sie aus und legte dabei ihre Hand auf seinen Unterarm.

„Danke für Deine gute Meinung. In erster Linie bin ich aber zum Arbeiten hier."

„Sicher kannst Du doch das Angenehme mit der Arbeit verbinden, oder?" Ihr langer fragender Blick war direkt in seine Augen gerichtet.

„Mit Sicherheit werde ich das können" versprach Daniel und versuchte ein nicht allzu anzügliches Lächeln.

„Dann möchte ich Dich für den Moment nicht von der Arbeit abhalten. Mir ist so nach einem Sonnenbad." Clio schaute Daniel von unten her an und kaute ein wenig auf der Unterlippe.

„Nicht übertreiben, die Sonne ist hier gefährlich" warnte er.

„Nicht nur die Sonne, Daniel."

Mit einem verführerischen Lächeln stand sie auf und wandte sich zum Gehen. Dabei streichelte sie sacht über Daniels Rücken.

„Wir sind ja Nachbarn im Dachgeschoß. Da sieht man sich ja nicht nur hier unten" fügte sie noch an und entfernte sich mit leicht wiegenden Hüften. In einiger Entfernung drehte sie sich um und schenkte Daniel ein bezauberndes Lächeln.

Hotel

Daniels Tage waren ausgefüllt mit dem Kennenlernen der drei Hotels, des Personals und den Gepflogenheiten und Besonderheiten der Kenianer und den internationalen Gästen.

Die Hotelanlage der African Safari Hotelerie lag etwa dreißig Kilometer nördlich von Mombasa am langgezogenen weißen Shanzu Beach. Auf 300000 Quadratmeter Fläche befanden sich drei in sich abgeschlossene Resorts unter einem Management. Das Coral-Palm Resort war das kleinste davon. Wenn man die Hotelschranke passiert hatte, befand man sich sofort in einer paradiesisch angelegten parkähnlichen Anlage, die die drei Resorts von der Straße trennte. Zwischen wenigen uralten riesigen Affenbrotbäumen, einigen Schirmakazien, unzähligen Palmen und großen Frangipani Bäumen waren etliche kleine Feuchtbiotope angelegt, in denen sich allerlei Leben tummelte. Goldfische gesellten sich zu einheimischen Killifischen, den Cichlidaen und Welsen in den geschmackvoll arrangierten Teichen. Enten und Gänse durften dabei nicht fehlen. Unter den Gruppen der Lippenstiftbäume hielten sich gelegentlich Warane in unterschiedlichen Größen auf. Landschildkröten fraßen sich an der riesigen Rasenfläche satt und zwischendrin, für die Touristenkinder, kleine Streichelzoos mit Hasen, Hühner und Zwergziegen. Das Gartenareal war durchzogen von schön angelegten und gepflegten Wegen mit Brücken über die Teichanlagen.

Versorgungs- und Personaleingänge hatte jedes Hotel für sich, aber die Hauptrezeption der Anlage befand sich im Shanzu Beach Resort. Von hier wurden die Gäste an die Rezeptionen der anderen beiden Resorts fußläufig verteilt.

Von der Lobby mit Empfang des Coral-Palm Hotels, die zentral gelagert war, waren alle Einrichtungen schnell zu erreichen. Neben der Eingangshalle befand sich der Wellness- und Fitnessbereich mit Blick in den Garten. Das Coral-Palm Resort bestand weiterhin aus einem lang gezogenen dreistöckigen Zimmertrakt, der die Grenze zu einem kleinen Waldstück bildete. Zwischen Gebäude und Wald zog sich eine mit vielen Ornamenten versehene Mauer hin, an dessen Fuß sich der Weg für die Gäste zu ihren Zimmern befand. Am Gebäudeende waren in einem Querbau die Beachside-Suiten vorgelagert. Diese waren in einem zweistöckigen Gebäude mit je drei Einheiten, die an die Klippen angebaut waren und je eine große Terrasse mit freiem Blick auf den Indischen Ozean hatten. Spiegelgleich, jedoch ohne Suiten, begrenzte ein dreistöckiges Gebäude das Areal zum Shanzu Beach Resort. In der geräumigen Lobby des Coral-Palm Resort schlossen sich ein Souvenirshop und der Zugang zum runden Speisesaal an. Zwischen den Gebäuden lagen der Hauptpool in Nierenform mit angebautem Kinderbecken und die große Poolbar mit geschütztem Sitzbereich, geeignet für die Abendveranstaltungen. Hinter der Bar war der kleinere ovale Pool, der fast an die Klippen schloss. Dazwischen standen unter großen, Schatten spendenden Palmen die Sonnenliegen auf der gepflegten Rasenfläche. Zugang zum weißen Sandstrand hatten die Gäste über eine in die Klippen eingearbeitete breite Treppe, an deren oberem Ende sich eine Aussichtsplattform mit Sitzgelegenheit befand.

Das Shanzu Resort war spiegelgleich mit dem Coral-Palm in das Areal eingebettet. Lediglich die Pools hatten rechteckige Formen.

Das Paradies Resort schloss sich an das Shanzu Resort an und war das luxuriöseste der drei Hotels. Die kleinen dreistöckigen Wohneinheiten waren in dem reizvollen gepflegten Areal um den runden Hauptpool angeordnet, in dessen Mitte sich die Poolbar befand. Diese war schwimmenderweise von drei Seiten zu erreichen und mit in den Pool eingearbeiteten Sitzen ausgestattet. Über eine Brücke gelangte man auch trockenen Fußes in den Bereich der Poolbar. So konnte man bekleidet im Trockenen Getränke genießen. Um den zweiten freigeformten Pool gruppierten sich in lockerer Anordnung die Wohneinheiten und der runde Speisesaal. Hinter diesem befanden sich die Lobby und der Wellness- und Fitnessbereich. Eine Besonderheit bildete hier das Spezialitätenrestaurant Emerald Cave. Dieses war tief in die Klippen eingehauen und es führte eine leicht geschwungene Treppe in die Höhle, dessen Decke naturbelassen war. Den Fußboden hatte man mit Natursteinplatten ausgelegt, die exzellent zum Interieur und den Sitzgruppen passte.

Durch die gesamte Hotelanlage zog sich ein fein ausgebautes Wegenetz, da alle Gäste der Hotels die Einrichtungen gleich benutzen durften. Am Ende der Anlage, im Paradies Resort, gelangten die Urlauber über eine kurze Treppe zum feinsandigen Strand des Shanzu Beach. Hier hatte man eine große Sandfläche extra für die Hotelgäste reserviert. Mit Sonnenliegen und Schirmen. Von hier aus gab es für die Gäste auch direkten Kontakt mit den Einheimischen, die allerlei geschnitzte und gemalte Souvenirs anboten. Genannt wurden sie Beachboys, da es meist Männer waren. Die kenianischen Frauen boten bunte Tücher und Obst an. Des Weiteren fertigten sie den Touristen die typische afrikanische geflochtene Frisur an.

Gespräch mit Madame

Es hatte wieder einen Zwischenfall mit der Miss Carbone gegeben. Ein Gärtner hatte ihr eine Kokosnuss von der Palme geholt, was auch für einen Kenianer nicht einfach war. Doch der Madame schmeckte die Kokosmilch nicht und statt Trinkgeld zu geben, bewarf sie den armen Tropf mit der Kokosnuss und beschimpfte ihn. Als Matteo Carbone von einem seiner langen Strandspaziergänge zurückkam, den er täglich absolvierte, musste er sich im Auftrag seiner Frau beim Hauptmanager Volker beschweren.

Die Hotelmanager hatten beschlossen, jetzt ernsthaft mit den Carbones zu reden. Aber Volker schob solche unangenehmen Sachen gerne seinen Mitarbeitern zu.

„Du bist Europäer, Daniel, und die Carbones logieren im Coral-Palm, also ist es Deine Aufgabe" delegierte auch Lazarus die Angelegenheit weiter.

Daniel hatte die Italiener auf der Liegewiese beim Sonnenbaden gefunden. Lucina Carbone lag auf einer Sonnenliege und hatte ihre voluminöse Figur in einen dezent knallroten Badeanzug verpackt. Ihre dicken speckigen Beine streckte sie, soweit es ging, von sich. Von ihrem Gesicht sah man lediglich den Mund und ein kleines Stück der Nase. Der Rest lag im Schatten einer riesigen Sonnenbrille. Das kastanienbraune Haar war sicher gefärbt, da an manchen Stellen schon naturgraue Strähnen zu sehen waren. Madame befand sich, wie es schien in der zweiten Hälfte der sechzig. Matteo, ihr Mann, hatte sich bequem auf einen Gartenstuhl gesetzt. Ein Strohhut schützte seinen graubehaarten Kopf. Sein Gesicht und der Oberkörper mit der grauen Brustbehaarung zeigten die dunkelbraune Färbung eines Südländers, der sich vornehmlich im Freien aufhielt. Seine giftgrünen Badeshorts standen der Dezentheit von Madames Badeanzug in nichts nach. Seine sichelförmigen Beine hatte er fest auf den Boden gestemmt. Lucina hatte sich als aufbrausende und ungerechte notorische Nörglerin bei den Mitarbeitern der Hotels einen Namen gemacht. Matteo dagegen war ein leiser Mensch, aber wegen seiner Vorliebe für das Betatschen weiblicher Brüste und den Popos, welche nicht zu seiner Frau gehörten, bekannt und gefürchtet. Zu Matteos Enttäuschung gab es nicht genug Frauen unter den Mitarbeiter und am Buffet gingen ihm die weiblichen Gäste mittlerweile schon weiträumig aus dem Weg.

„Jambo, Habari?" nutzte Daniel die kenianische Begrüßungsformel, um Kontakt aufzunehmen.

„Spar Dir diesen afrikanischen Scheiß. Das ist doch Kinderkram" fuhr Lucina ihn sofort an.

„Bitte Madame Carbone, wir sind doch wohlerzogene Menschen und als solche sollten wir doch auch miteinander umgehen."

„Erspar Dir Deine Belehrungen. Wir haben schon mindestens doppelt so viel Lebenserfahrung wie Du. Wir wissen wie man mit Menschen umzugehen hat" keifte Lucina weiter.

„Dann sollten Sie aufgrund ihrer Lebenserfahrung auch wissen, dass manche negativen Dinge die man sagt und tut nicht bei jedem gut ankommen und diese Menschen, hier unsere Mitarbeiter, fühlen sich gekränkt, ja sogar beleidigt. Deshalb ...."

„Ach halt Dein blödes Maul. Du willst nur Deine schwarzen Freunde in Schutz nehmen. Die sind ja zu blöd das selbst zu tun und ...."

„Nein zu vornehm" fiel ihr Daniel ins Wort „und zu duldsam. Die wissen, wie man Gäste behandelt. Aber Sie wissen offensichtlich nicht, wie man sich als Gast benimmt."

„Ach komm, schwirr ab Jungchen. Lass Dich von der Clio streicheln und uns in Ruhe. Wir machen hier Urlaub und die Neger müssen uns bedienen. So ist das nun mal. Wir können uns das leisten."

Was war das nochmal mit Clio? Hatte die Madame beobachtet, dass er sich gerne in Clios Nähe aufhielt?

„Egal ob Sie glauben sich das leisten zu können, ich möchte Sie bitten mit den Mitarbeitern respektvoller umzugehen. Auch der Signore sollte seine Hände besser kontrollieren. Wenn weiter Beschwerden kommen, müssen wir vom Management eine Lösung suchen. Ich wünsche noch einen schönen Tag."

„Ach verpiss Dich und lass uns in Ruhe" war Lucinas Abschlusskommentar.

Die anfänglich in normalem Umgangston geführte Unterhaltung hatte stets an Lautstärke zugenommen und den letzten Kommentar hatte Lucina geschrien, so dass alle Urlauber auf der Liegewiese nun Bescheid wussten.

Daniel entfernte sich. Er war leicht aus der Fassung gebracht. War sein freundliches, nettes Verhalten gegenüber Clio anders als sein Umgang mit den anderen Gästen? Nun ja, er sah Clio gerne und genoss ihre Nähe. Sie war eine sehr attraktive und nette Frau. Er hatte auch den gelegentlichen Kontakt ihrer Hände gerne, wenn sie ihm den Rücken streichelte. Aber auch zu Jamila und Nala pflegte er einen sehr angenehmen Umgang und sie freuten sich immer, wenn sie sich sehen konnten. War das anders als sein unverbindliches, aber nettes Verhalten den Gästen gegenüber? Daniel nahm sich vor, das zu überprüfen.

Timo und Simon

Am Abend gab es Ärger. Daniel wollte zu den anderen Managern zum Abendessen ins Shanzu Resort gehen. Noch einen kurzen Kontrollblick in den Speisesaal des Coral-Palm Resort und den Gästen freundlich zunicken, als aus der Küche ein Geschepper und Schreie zu hören waren. Sofort stürmte er in den Bereich und sah zwei Waiter im Clinch am Boden. Drumherum verteilt einige Serviertabletts und die Reste des Essens, das wohl gerade serviert werden sollte. Die Köche und weitere Waiter standen starr und fassungslos dabei.

„Aufhören" donnerte Daniel.

Die beiden Kenianer ließen voneinander ab und erhoben sich langsam. Wie auf den Namensschildern und der Farbe der Kleidung zu sehen war, handelte es sich um zwei Essenskellner. Timothy hatte eine blutende Beule über dem Auge und Simon einen großen Kratzer an der Wange. So konnten die nicht weiterarbeiten. Alphonse hatte sich zum Zeitpunkt des Vorfalls im hinteren Teil des Speisesaales aufgehalten und kam etwas außer Atem zur Küchentür herein.

Als Daniel ihn bemerkte, bat er:

„Bitte Alphonse, können Sie dafür sorgen, das andere Waiter die Tische der beiden übernehmen?"

„Ja das kann ich organisieren. Was passiert mit den beiden? Normalerweise müssen die von unseren Askaris aus dem Hotel begleitet und morgen entlassen werden" erklärte der Restaurantchef.

„Bitte kümmern Sie sich um das Wohl der Gäste, Alphonse. Ich nehme die beiden mit in mein Büro, ok?"

„Wie Sie meinen, Sie sind der Manager."

Daniel winkte den beiden und durch eine Seitentür gelangten sie hinaus in die Lobby und durch die Rezeption ins Managerbüro.

Eva hatte heute Nachtdienst und Daniel bat um einen Verbandskasten. Als Eva diesen brachte, forderte er die beiden Kellner auf, sich gegenseitig zu verarzten. Widerwillig säuberten sie sich wechselseitig und klebten Pflaster auf die Wunden. Daniel hatte einen zweiten Besucherstuhl in das Büro geholt und forderte die Waiter auf, sich zu setzen.

71

„Was war da los?" fragte Daniel und bekam keine Antwort.

„Gut, wenn Ihr nicht mit mir reden wollt, dann werdet Ihr entlassen" klärte er die beiden auf.

Langes Schweigen breitete sich aus. Als Daniel aufstehen wollte, bat einer der beiden mit einer Handbewegung um das Wort.

„Ok Timothy, Du möchtest etwas erklären?"

„Ja, bitte nennen Sie mich nicht Timothy. Das ist zu förmlich und steht nur auf dem Namensschild. Bitte sagen Sie Timo, ja?"

„Klar, wenn Du das möchtest" antwortete Daniel und wunderte sich ein wenig über die sehr korrekte Sprachanwendung.

„Aber jetzt möchte ich wissen was los war. Timo erzählt zuerst. Bist Du einverstanden Simon?"

Von Simon kam nur ein klägliches „Ja."

„Wir sind beide Essenskellner. Wir wissen, wenn wir höflich und zuvorkommend unsere Gäste bedienen, erhalten wir auch ein gutes Trinkgeld und darauf sind wir alle angewiesen. Unter uns entsteht dabei auch ein Wettbewerb. Wir wollen unsere Gäste immer so gut wie möglich bedienen. Heute haben wir wohl übertrieben. Jeder von uns wollte seine Gäste zuerst bedienen und wir haben uns gegenseitig die Speisen vom Tablett genommen. Darüber sind wir so in Streit geraten, dass wir uns geschlagen haben." Timo hatte Tränen in den Augen und Simon schaute betreten zu Boden.

„So ganz verstehe ich das nicht. Es sind doch Speisen genug für alle da" sagte Daniel.

„Ja schon, aber Alphonse will haben, dass niemand vor leerem Teller oder Tisch sitzt und treibt uns dann auch zur Eile an. Da will dann jeder der Erste sein." Timo weinte und Simon war kurz davor.

Daniel saß da und schaute sich die zwei Jungs an. Sicher war keiner der beiden älter wie er selbst und irgendwie empfand er die Sache auch nicht so tragisch. Trotzdem fragte er:

„Was passiert normalerweise nach so einem Zwischenfall? Simon, kannst Du mir das sagen?"

„Wer sich so verhält wie wir, wird rausgeschmissen" jetzt weinte er auch.

„Ich bin noch nicht so lange hier in Kenia, Timo. Was hat das für Konsequenzen für Euch?"

„Wir bekommen hier an der Nordküste keinen Job mehr und müssten an die Südküste zum Arbeiten. Aber Simon hat dort schon gearbeitet und für seine Kinder Kuchen, der weggeworfen werden sollte, mit nach Hause genommen. Er wurde dabei erwischt und entlassen. Er bekommt auch da keine Arbeit mehr und ich möchte nicht an die Südküste. Bitte, Mister Daniel, nicht entlassen, Bitte. Ich habe eine Frau und drei Kinder, Simon hat zwei Frauen und vier Kinder. Wir brauchen das Geld und den Job" erklärte Timo mit leiser Stimme.

Daniel wusste nicht so recht, wie er sich verhalten sollte. Er hatte einen Kloß im Hals und Mitleid mit den beiden. Wegen Kuchen, der weggeschmissen werden sollte, wurde ein Mann entlassen, der für eine Familie sorgte? Und jetzt, sie wollten nur das Wohlwollen der Gäste erreichen, sollten sie dafür rausgeschmissen werden?

„Ihr geht jetzt nach Hause. Morgen früh um sechs Uhr zu Dienstbeginn seid Ihr wieder hier. Ich rede mit Volker, denn der muss das entscheiden. Ich werde Euch nicht entlassen und werde auch Volker bitten es nicht zu tun."

„Danke, Mister Daniel. Wir sind sicher morgen früh wieder da und hoffen, dass Sie für uns sprechen können." Beide verbeugten sich mehrfach und liefen rückwärts zur Tür hinaus.

Die Manager diskutierten sehr engagiert. Antony und Lazarus waren für eine Entlassung der beiden Kellner, Daniel wollte das nicht. Volker hatte die letzte Entscheidung zu treffen und tat sich schwer dabei. Erfahrenes Personal war knapp und was im Moment der Hochsaison auf dem Markt war, musste meistens erst angelernt werden. Dazu war zu wenig Zeit. Nach langer Diskussion entschied Volker, dass Daniel die zwei Kellner verwarnen solle und eine Entlassung beim nächsten Vorfall androhen. Die beiden anderen Manager fürchteten eine Untergrabung der Autorität, aber Volker hatte entschieden und Daniel war zufrieden.

Es war schon spät als Daniel in den Speisesaal des Coral-Palm Resort zurückkehrte. Alle Gäste waren bereits gegangen und die meisten Waiter waren mit den Vorbereitungen für das Frühstück fertig und verließen den Speisesaal. Als Daniel Alphonse die Entscheidung mitteilte, war dieser nicht zufrieden und sagte:

„Sie entscheiden wohl immer wie sie wollen. Das passt nicht in unsere Art zu arbeiten."

„Wir Manager haben das so entschieden und ich wünsche, dass Sie das akzeptieren und die beiden auch weiterhin gleich den anderen Waiter behandeln" bestimmte Daniel.

„Ja natürlich, Sie sind der Manager" betonte Alphonse zum wiederholten Male und schien recht unzufrieden.

Daniel verließ den Speisesaal und wollte in sein Appartement gehen, als er Clio alleine an der Poolbar sitzen sah. Kurz entschlossen schlenderte er zu ihr.

„Jambo Clio, nicht beim Bingo im Paradies?" begann er die Unterhaltung.

„Ach komm Daniel. Das ist doch etwas für alte Herrschaften. Außerdem meckert die blöde Carbone nur ständig dazwischen, das brauche ich gar nicht" so Clio.

Daniel betrachtete Clio, die in ihrem schwarzen wadenlangen, hauchdünnen Trägerkleid bezaubernd aussah. In diesem Kleid zeichneten sich ihre herrlichen Brüste nachdrücklich ab.

„Du siehst etwas niedergeschlagen aus. Hat das mit dem Krach aus der Küche zu tun?" schreckte Clio ihn aus seinen Betrachtungen.

Daniel erzählte kurz, was vorgefallen war, und schloss die Erzählung mit der Frage:

„Darf ich Dich auf einen Drink einladen?"

„Ich habe einen besseren Vorschlag. In meinem Kühlschrank im Appartement habe ich eine gut gekühlte Flasche Weißwein. Wollen wir uns um die kümmern?" sagte Clio und schenkte Daniel ein verführerisches Lächeln.

Daniel schaute sie an und hatte plötzlich sehr viel Lust auf Wein. Clio unterschrieb ihre Getränkerechnung und die beiden schlenderten Richtung Wohngebäude. Als sie im

Schatten des Gebäudes angekommen waren, schlang Clio ihre Arme um Daniels Arm und zog ihn an sich heran. Auf Zehenspitzen stehend näherten sich ihre Lippen seinem Gesicht und er roch ihren verführerischen Duft. Durch den dünnen Stoff des Kleides spürte er ihren Körper, den sie mit leichtem Druck an seinen Arm und die Hand presste. Ihre Lippen berührten sich erst zaghaft, dann etwas fester, um in einen leidenschaftlichen Kuss überzugehen. Eng umschlungen küssten sie sich mehrere Minuten, bis sie sich nach oben in Clios Appartement begaben.

Die wachsamen Augen in der Dunkelheit bemerkten sie dabei nicht und der Askari verhielt sich vollkommen still. War er doch in der dunklen Ecke der Beachside-Suites fast unsichtbar.

Im Appartement angekommen öffnete Clio die doppelflügelige Balkontür und spazierte nach draußen. Als Daniel ihr folgte, drehte sie sich zu ihm um und streifte mit einer geschickten Handbewegung ihr Kleid ab. Der Mond beschien ihren nackten Körper und voller Bewunderung und Erregung nahm Daniel sie in seine Arme.

Jamila und Daniel

Nala war im Zwiespalt der Gefühle. Schon zum wiederholten Male hatte Daniel gefragt, ob sie ihm ein wenig von der Umgebung zeigen und mit ihm Essen gehen würde. Er war sehr nett. Außerdem sah er auch besonders gut aus. Nala fühlte immer sofort ein wunderbares Kribbeln im Bauch und etwas tiefer, wenn er zu ihr ins Touristoffice kam. Er flirtete nicht so plump und offensiv wie die meisten Männer. Er schien sehr feinfühlig und dosierte seine Komplimente auf recht schöne Weise. Gerne würde sie mit ihm ausgehen. Aber ging das gut? Wohin führte es, wenn sie ihm nachgab? Konnte das harmlos bleiben und in einer guten Freundschaft enden? Das Kribbeln im Unterleib sagte etwas anderes. Aber warum sollte sie nicht mit ihm ausgehen? Sie musste ja nicht gleich mit ihm ins Bett gehen. Und das Verlangen nach einem Ausflug mit Daniel wurde immer größer.

Jamila und Daniel standen vor dem Tor von Fort Jesus. Endlich hatte sie nachgegeben und da der freie Tag der beiden zusammenfiel, hatten sie es genutzt und waren mit Jamilas Motorroller nach Mombasa gefahren. Das Fort Jesus war eine Festung aus dem Jahre 1593 und lag, noch sehr gut erhalten, am Indischen Ozean. In der kriegerischen Vergangenheit schützte das Fort die Zufahrt zum Hafen von Mombasa. Die dicken ockerfarbenen Mauern mit einigen Kanonen dekoriert, erzeugten einen wehrhaften Eindruck. Jamila und Daniel schlenderten durch das Fort und dabei erzählte sie die Geschichte der portugiesischen und arabischen Herren, die es erbaut und verwaltet hatten. Daniel fragte viel nach und Jamila gefiel sich in der Rolle des Fremdenführers. Gelegentliche Berührungen empfanden beide als angenehm. Sie hatte sich natürlich privat gekleidet und trug zu einer hellroten Bluse eine beigefarbene dreiviertellange Stoffhose. Die sportlichen Sneakers passten gut dazu. Daniel hatte sich ebenfalls in seine private Kleidung gestürzt und so sahen sie aus wie ein normales Urlaubspaar mit unterschiedlicher Hautfarbe.

Gerade legte Jamila die Hand auf Daniels Schulter und zeigte mit der anderen Hand über die Lagune:

„Dort drüben befindet sich das Tamarind Restaurant. Es ist eines der zehn besten Restaurants der Welt."

Daniel schaute in die angegebene Richtung und drehte dann den Kopf zu Jamilas Hand auf seiner Schulter. Sein

Blick wanderte nach oben und er blickte ihr tief in die Augen und gab ihr einen kleinen Kuss auf die Hand. Jamila biss sich leicht auf die Unterlippe und widerstand dem Drang die Hand wegzuziehen. Sie schaute Daniel ihrerseits in die Augen und schenkte ihm ein Lächeln. Seine rechte Hand legte sich leicht oberhalb ihrer Hüfte an ihren Rücken und Jamila ließ auch dies zu. Auf ihrem hübschen Gesicht, das heute von ihrem offen getragenen schwarzen Haaren umrahmt war, zeigte sich ein zustimmender Ausdruck. Als Daniel Jamila zu sich heranziehen wollte, legte sie ihre freie Hand auf seine Brust und bat:

„Nicht so offensiv in der Öffentlichkeit."

Daniel respektierte den Wunsch sofort und reduzierte den Druck seiner Hand, ließ diese aber, wo sie war. So standen sie eng beieinander und schauten sich verträumt in die Augen.

Nach dem Besuch im Fort Jesus passierten sie die große Skulptur einer arabischen Kaffeekanne am Eingang zu Mombasas Altstadt. Vorbei am alten Hafen schlenderten sie zur Silbermanufaktur und zum Markt. Dort versorgten sie sich mit Obst und allerlei essbaren Kleinigkeiten. Einige

Getränke wanderten in Daniels Rucksack, bevor sie zum Fort Jesus zurückgingen.

Mittlerweile war es schon früher Nachmittag und sie beschlossen zum Mama Ngina Park zu fahren, der sich an der Südspitze Mombasas nahe dem Likoni Port befand.

Die Fahrt mit dem Motorroller führte quer durch die Straßen von Mombasa. Anfänglich hatte Daniel Probleme, das Gleichgewicht auf dem Soziussitz des Rollers zu halten. Aber mit zunehmender Fahrdauer wurde es besser. Wie zufällig kam Daniels rechte Hand auf Jamilas rechtem Oberschenkel zu liegen. Mit der linken Hand hielt er sich an ihrer linken Hüfte. Seinen Oberkörper drückte er fest gegen ihren Rücken und genoss ihre Körperwärme bei gefühlten 35 Grad Lufttemperatur. Auch Jamila schien sich sehr wohl zu fühlen, denn sie machte keine Anstalten Daniel abzuwehren. Am Mama Ngina Park stellten sie den Roller sicher ab und suchten sich ein sichtgeschütztes Fleckchen am Meeresufer. Eine mitgebrachte Decke legten sie aus und begannen darauf die gekauften Sachen zu verzehren.

Nach dem Essen streckte sich Jamila lang auf der Decke aus. Daniel legte sich daneben und stütze sich mit dem rechten Ellenbogen ab. Ein kaum spürbarer Windhauch vom Meer wehte über sie hinweg und schenkte etwas Kühle.

Daniel fing an mit der freien linken Hand leicht Jamilas Arm zu streicheln. Als sie dies widerspruchslos geschehen ließ, begann er ihr Gesicht zu liebkosen. Mit geschlossenen Augen genoss sie es. Nach kurzer Zeit legte Daniel seine Hand auf ihren Bauch und näherte sich mit seinem Gesicht dem ihren. Leicht begann er mit der Hand den Oberbauch zu massieren während er mit seinen Lippen das Gesicht von Jamila mit kleinen Küssen bedeckte. Plötzlich legte sie Ihre linke Hand in seinen Nacken und zog seinen Kopf so an sich heran, dass sich ihre Lippen fanden. Ein wohliges Gefühl breitete sich in beiden aus und sie küssten sich lange und zärtlich. Dabei massierte Daniels Hand den Oberbauch Jamilas immer weiter, bis seine Fingerspitzen zwischen ihren mittelgroßen Brüsten zum Stillstand kamen. Daniel spürte ihr Herz fest schlagen und wiederholte den zärtlichen Kuss lange, wobei seine Hand zu ihrer rechten Brust wanderte und diese sachte streichelte. Unter dem Blusenstoff fühlte er ihre hoch aufgerichtet Brustwarze und nahm sie ganz vorsichtig zwischen die Finger. Eine kurze leichte Massage, dann ließ er die Hand wieder auf die Brust sinken. Jamilas Hand war unter Daniels Shirt gewandert und streichelte ihrerseits seinen Bauch. Dabei ließ sie ihre Finger geschickt hin und her tanzen. So lagen sie lange nebeneinander und tauschten Zärtlichkeiten aus.

„Lass uns zu mir nach Hause fahren. Ich habe eine kleine Wohnung ganz in der Nähe."

Als sie Jamilas Appartement betraten, war ihre Leidenschaft nicht abgekühlt und sie sanken auf die Couch und tauschten weitere Zärtlichkeiten aus. Daniel knöpfte Jamilas Bluse auf und sie zog ihm das Shirt aus. Während Daniel ihre nackten Brüste in beide Hände nahm und leicht massierte, begann die Dämmerung und sie wechselten von der Couch auf das Bett.

Kurz vor Mitternacht erreichten sie auf dem Roller die Zubringerstraße zur Hotelanlage.

„Ich steige hier ab, das kurze Stück kann ich laufen" sagte Daniel.

„Ich danke Dir für den wundervollen Tag und den fantastischen Abend." Daniels Stimme war zärtlich und Jamila genoss auch diesen Augenblick genauso, wie den gefühlvollen intensiven Abschiedskuss.

Ganz in der Nähe schlenderte gerade ein Askari vorbei und sie trennten sich schnell. Lange lag Daniel noch wach und überdachte diesen tollen Tag mit dem wundervollen Abend.

Jamila war eine junge attraktive Kenianerin. Mit ihren 25 Jahren hatte sie schon einige Lebenserfahrung sammeln können, und für jede einzelne war sie dankbar. Sie entstammte ursprünglich dem Stamme der Kikuyu, die hauptsächlich im Gebiet des Mount Kenia und in Nairobi angesiedelt waren. Mit 24% der Gesamtbevölkerung Kenias waren die Kikuyus ein einflussreicher Stamm, der sich in der Gesellschaft etabliert hatte. Viele Politiker der kenianischen Regierung entstammten diesem Volksstamm. So auch Mzee Jomo Kenyatta, der Begründer der Republik Kenia. Auch die Friedensnobelpreisträgerin Wangari Muta Maathai war eine Kikuyu.

Seit jeher ist es dem Kikuyu-Mann erlaubt, mehrere Frauen zu heiraten, wenn er sie gleich behandeln kann. Jamilas Vater hatte sich für eine Frau entschieden, die ihm dafür sieben Kinder schenkte. Jamila war die Jüngste und ihre Eltern mittlerweile leider schon verstorben. Sie hatten

in einem großen festen Haus in Nairobi gelebt. Der Vater arbeitete für das Amt der Landesvermessung als Verwalter. Er bekam ein geregeltes Einkommen und konnte Einfluss nehmen, auf welche Schulen seine Kinder gehen sollten. Jamila besuchte die Vorschulerziehung, da ihr Vater dafür bezahlen konnte. Die Vermögensverhältnisse ihrer Eltern waren so gut, dass Jamila, wie alle ihre Geschwister vor ihr, auf eine Privatschule gehen konnte. Nach zehn Schuljahren nutzte sie eine Gelegenheit, um in einem mittelgroßen Hotel eine Ausbildung zur Verwaltungsfachkraft zu absolvieren. An Sprachen beherrschte sie das Kikuyu ihres ursprünglichen Volksstammes, dass in Kenia landesweit gesprochene Suaheli und Englisch, das als Unterrichts- und Geschäftssprache diente. Für ihre Ausbildung wurde sie bezahlt, was nicht üblich war in Kenia. Dadurch und durch eine kleine Hinterlassenschaft ihrer Eltern konnte sie es sich leisten, eine eigene winzige Wohnung zu beziehen. Aber sie wollte ans Meer. So zog sie um nach Mombasa und fand dort ein kleines Appartement ganz in der Nähe des Mama Ngina Parks, der nicht sehr großen grünen Lunge in der Hafenstadt. Ihre erste Anstellung in einem Touristenhotel war an der Südküste. Dafür fuhr sie jeden Morgen zum Likoni Port. Auch der war in der Nähe ihrer Wohnung. Mit der Fähre musste sie übersetzen, um an ihren Arbeitsplatz
86

zu kommen. Das war sehr zeitintensiv, da die Fähre immer chronisch überladen war, obwohl mehrere Fährschiffe versuchten, im 15-Minutentakt zu fahren. Über Gespräche mit Kollegen erfuhr sie von der African Safari Hotelerie. Diese Gesellschaft hatte einige Hotels an der Nordküste und so bewarb sie sich für die Stelle einer Rezeptionistin im Shanzu Resort. Nach kurzer Prüfung wurde sie eingestellt und war nun Hauptverantwortliche für die drei Rezeptionen des Shanzu, Paradies und Coral-Palm Resorts zuständig. Sie liebte den Kontakt mit Touristen aus vielen Ländern und ihre Arbeit machte ihr sehr viel Spaß.

Sie schaute in den Spiegel und was sie sah, stimmte sie sehr froh. Ihre langen schwarzen Haare trug sie heute offen. Mit einem nach links versetztem Scheitel umrahmten sie ihr hübsches Gesicht. Ihre dunklen Augen mit dem leicht asiatischen Einschlag lagen unter fein geschwungenen Augenbrauen. Die gerade Nase über dem verführerischen Mund betonte die Schönheit ihres Gesichtes. Zwischen den vollen Lippen blitzten zwei Reihen strahlend weißer Zähne und ein wohlgeformtes Kinn rundete das Gesicht ab. Die Haare hingen ihr bis zur Mitte des Rückens. Oft flocht sie sie zu vielen kleinen Zöpfen, die sie dann kunstvoll um den Kopf anordnete. Sie war größer wie die

Durchschnittsdamen, fast 175 Zentimeter groß. Schlank mit wohlgeformten Beinen, Po und Brüsten wäre sie auf jedem Laufsteg positiv aufgefallen.

Beim Anziehen ihrer Dienstkleidung, heute rote Bluse im Massaimuster und schwarze Hose, kam ihr der neue Manager Daniel in den Sinn. Seit einem Jahr hatte Jamila einen Verehrer. Sie war öfters mit ihm ausgegangen und hatte auch schon Zärtlichkeiten und mehr zugelassen. Daniel hatte nun ihre Gefühlswelt in Verwirrung gebracht. Er sah nicht nur gut aus, er war auch ausgesprochen nett, höflich, unterhaltsam und konnte tolle Komplimente machen. Nach dem Ausflug und dem erotischen Abend mit ihm wusste sie nun auch, dass er ein sehr phantasievoller und einfühlsamer Liebhaber war. Zwar fühlte er sich auch Nala zugewandt, aber ein wenig Konkurrenz konnte ja nicht schaden. Noch war sie sich nicht sicher, wen sie favorisieren würde, wenn Einer der beiden eine Entscheidung wünschte. Momentan genoss sie es, sich von ihnen umwerben zu lassen. Den dritten Bewerber um ihre Gunst hielt sie an der langen Leine. Mit ihm ging sie nur zum Essen aus oder gelegentlich zu einer Party.

Mist, jetzt hatte sie fast die Zeit verpasst. Zwar waren die Busse nie pünktlich, aber verlassen durfte man sich besser nicht darauf. Frohgelaunt zog sie ihre Sportschuhe an und steckte die Pumps in die Arbeitstasche. Heute würde sie länger arbeiten, denn einige Touristen, deren Urlaub zu Ende war, wurden bei einer Kwaheriparty verabschiedet.

Samuel

Samuel, der Animateur der drei Hotels der African Safari Hotelerie, war ein Bild von Mann. Zwar nur 170 Zentimeter hoch, aber superdurchtrainiert. Sein Körper war sein Kapital. Dafür trainierte er sehr viel und das war auch bestens zu sehen. Sein kahlrasierter Kopf saß auf seinem muskelbepackten Oberkörper, der jedem Zehnkämpfer zur Olympiamedaille verholfen hätte. Sein Sixpack und die muskulöse Brust gepaart mit dem Bizeps seiner Arme ließ die Damen gerne einen zweiten und dritten Blick riskieren. Seine Hüften waren schmal und seine Shorts eng. Da blieb den Ladys nicht viel Raum für Fantasie. Die stämmigen Beine trugen diesen tollen Körper selbstbewusst durch die Hotelanlage. Seine dunkle Haut war gepflegt und glänzte vom Scheitel bis zur Sohle. Stets und ständig war er für die weiblichen Gäste da, als Trainer oder Zuhörer und Tröster. Auch mit den Kindern konnte er gut umgehen und animierte diese zu verschiedenen Spielen, aus denen er sich dann geschickt ausklinkte, um sich um die Mamis zu kümmern. Für die männlichen Gäste erstellte er einen Trainingsplan und schickte sie ins Fitnesscenter oder an die Poolbar. Sein markantes hübsches Gesicht mit der typisch afrikanischen Stupsnase wurde von aufmerksamen brauenen Augen beherrscht und die Lippen entblößten beim Sprechen und Lachen ein schneeweißes Raubtiergebiss.

Samuel hatte normalerweise ständig gute Laune, aber jetzt war er sauer. Heute Morgen hatte ihm ein Askari die Information gegeben, dass Miss Clio eine Nacht, oder mindestens einen Abend, mit Daniel dem Manager des Coral-Palm Resort in ihrem Appartement verbracht hatte. Das wurmte ihn. Miss Clio war Langzeiturlauber und Alleinreisende. Das war doch genau sein Fall. Langsam hatte er sich der Miss genähert. Mit langen Strandläufen und anschließender erotischer Massage hatte er die Beziehung aufgebaut. Strandläufe hatte Clio seit kurzem noch zugelassen, aber keine Massagen mehr. Jetzt wusste Samuel warum. Daniel war wohl nun die Nummer eins bei Clio. Nicht dass Samuel gänzlich ohne Flirt dastand. Es gab einige Damen, die ihm zugewandt waren, aber sauer war er trotzdem und er sann nach Rache. Daniel war kein übler Bursche. Ein paar Übungseinheiten hatten sie schon gemeinsam im Fitnessraum verbracht und eigentlich waren sie sich auch sympathisch. Trotzdem sann Samuel auf Rache und er hatte da schon eine Idee.

Daniel war nach dem Lunch zu Nala ins Touristoffice gegangen, um mal wieder mit ihr zu flirten. Sie sah immer hinreißend aus. Das Strahlen ihrer Augen bewunderte Daniel jedes Mal.

„Nala, wie lange muss ich noch betteln, bis Du mit mir einen Tag verbringst?" Daniel setzte seinen treuherzigsten Blick ein, den er zustande brachte.

„Oh Daniel, ich habe wirklich nicht viel Zeit. Du weißt ja, dass ich am Abend noch an Weiterbildungskursen teilnehme und auch teilweise unterrichte" so Nala.

„Aber doch nicht jeden Abend und nicht am Tag" versuchte es Daniel weiter.

„Na gut, am Samstag habe ich frei und am Abend sind keine Kurse. Wenn Du mir versprichst, Dich anständig zu benehmen, machen wir einen Ausflug in den Bamburi Nature Trail" gab Nala nach.

„Du machst mich glücklich Nala, wirklich. Ich freue mich auf Samstag" strahlte Daniel. „Und jetzt gehe ich noch in den Fitnessraum. Vielleicht muss ich Dich ja vor wilden Tieren beschützen."

Nala schaute ihn neckisch an und zwinkerte ihm zu.

Daniel hatte schon eine Stunde Training hinter sich gebracht. Laufband und Rudergerät machten ihm am meisten Spaß. Jetzt noch ein wenig Hanteltraining, dann war die Trainingseinheit perfekt. Bedächtig nahm Daniel die Kurzhanteln vom Regal, auf dem jede Gewichtsklasse vorhanden war. Gerade erst hatte sich ein Gast verabschiedet, der sein Training im Pool fortsetzen wollte. Daniel legte sich auf die Hantelbank und startete seine Übungen für Arm- und Brustmuskulatur. Ein ständiges Schaben am Fenster irritierte ihn, aber er nahm es nicht so wichtig, um nachzusehen. Als er zu einer Übung ansetzte, sah er plötzlich das Hantelregal umkippen. Blitzschnell realisierte er, dass es ihn treffen könnte, sprang behände von der Hantelbank und machte einen weiten Satz zur Wand. Hinter ihm traf das Hantelregal mit lautem Krachen auf die Hantelbank und schlug diese kurz und klein. Mehrere kleinere Hanteln flogen in Daniels Richtung und zwei trafen ihm am Fuß. Durch umhersplitternde Teile der Hantelbank zog er sich einige Kratzer an der Wade und am Oberschenkel zu.

Zwei Gäste und Anna von der Rezeption stürzten durch den Lärm alarmiert in den Fitnessraum und fanden einen sehr blassen Daniel vor. Er versuchte, zu realisieren, was da gerade vorgegangen war, als Samuel in den Raum trat.

„Oh mein Gott, Daniel, was ist passiert?"

„Das Hantelregal ist umgekippt und hat die Bank zerschlagen. Kurz vorher lag ich noch darauf und habe trainiert" so Daniels Information. „Sagtest Du mir nicht gestern, dass hier irgendwelche Verankerungen locker seien?"

„Ja, das war auch so. Heute Morgen habe ich zwei Schrauben am Hantelregal entfernt um in der Werkstatt neue, passende zu besorgen. An die Tür habe ich einen Zettel gehängt, um den Raum zu sperren" rechtfertigte sich Samuel.

„Einen Zettel habe ich nicht gesehen. Es befand sich auch schon ein Gast hier im Raum. Nicht auszudenken, wenn ihm etwas passiert wäre" erklärt Daniel. „Darüber müssen wir noch reden. Du hättest den Raum absperren müssen."

„Es tut mir leid Daniel. Ich passe nächstes Mal besser auf" jammerte Samuel.

94

Daniel musterte ihn und irgendetwas an seinem Getue und Gejammer gefiel ihm nicht.

„Ok, alle raus. Der Raum wird vorübergehend geschlossen. Samuel, sorge dafür, dass das Hantelregal wieder angebracht wird. Lass das am besten die Monteure machen" bestimmte Daniel „und besorge eine neue Hantelbank".

Blut lief an seinen Beinen nach unten und Anna hatte den Verbandskasten gebracht.

„Danke, Anna. Ich gehe in mein Appartement zum Duschen. Danach mache ich meine Kratzer sauber. Den Verbandskasten bringe ich dann zurück" verabschiedete sich Daniel von der Szene. Als er sich nach wenigen Schritten umschaute, sah er gerade noch wie Samuel, mit einem breiten Grinsen im Gesicht, den Raum verriegelte.

Unter der Dusche versuchte er seine Gedanken zu ordnen. Es war etwas passiert, was ihn ernsthaft hätte verletzen können. Es war möglicherweise eine Nachlässigkeit von Samuel oder eine andere Person hatte den Zettel von der Tür entfernt. Warum hatte Samuel so gegrinst, als er sich nicht beobachtet fühlte?

Daniel besah sich seinen rechten Knöchel, der ein wenig angeschwollen war. Die Kratzer an den Beinen waren nicht so schlimm.

Die Glasschiebetür zum Balkon stand offen. Er duschte immer mit offener Tür, da die Abluft nicht so recht funktionierte. Noch unter der Dusche hörte er die Eingangstür seines Appartements knarren. Hatte er sich getäuscht, oder war da gerade jemand reingekommen?

Er suchte nach einem Handtuch, da sah er Clio auf dem Balkon stehen. Sie schaute ihn an und fragte:

„Alles ok bei Dir?"

„Clio, ich bin nackt!"

„Ja, das sehe ich gerne. Und es macht mir nichts aus. Ich habe gehört was passiert ist. Nach Annas Aussage bist Du schwer verletzt und halb verblutet."

„Es ist nicht der Rede wert. Nur einige Kratzer."

„Ich wollte schauen ob ich Dir helfen kann. Die Kratzer muss ich auf jeden Fall mal näher ansehen."

Als Daniel abwehrend die Hände hob, öffnete sie das Oberteil ihres Bikinis und ließ es einfach fallen. Lächelnd schlüpfte sie aus ihrem Slip und kam mit leicht wiegendem Gang und sanft schaukelnden Brüsten zu ihm in die Dusche.

Nala und Daniel

Timo war in Sorge. Am Nachmittag konnte er eine kleine Pause machen, während der er sich mit zwei Gärtner unterhalten hatte. Diese berichteten, dass sie Samuel beobachteten, als er sich mit einem kleinen Ast am Fenster des Fitnessraumes zu schaffen machte. Kurz danach war das Hantelregal umgefallen. Timo hatte Mikael und Simon zu sich geholt. Sie bestückten im Speisesaal die Tische mit Bestecken und Gläser, standen aber nahe genug beisammen, um sich leise unterhalten zu können. Alphonse durfte das natürlich nicht merken, sonst gab es einen Anpfiff.

„Wir müssen auf Mister Daniel aufpassen. Er hat wohl einen Feind. Samuel hat offensichtlich dafür gesorgt, dass das Hantelregal umgefallen ist." Timos Stimme klang sehr besorgt.

„Warum müssen wir auf ihn aufpassen?" fragte Mikael der Getränkekellner.

„Du weißt doch, er hat Simon und mich nicht entlassen, nach unserer Dummheit in der Küche. Ich denke er ist ein guter Manager, er hat uns geholfen und ist immer sehr freundlich zu uns allen, wir müssen jetzt auf ihn aufpassen und ihn warnen" sagt Timo und Simon nickt zustimmend.

„Er ist ein bisschen leichtsinnig" meint Simon „ist mit jedem gut Freund. Aber wenn Samuel das gemacht hat, ist er kein Freund. Wir passen auf, wo wir können."

Nala entstammte dem Volksstamm der Meru, einer absoluten Minderheit in Ostafrika. Was bei vielen anderen Volksstämmen in Kenia und Ostafrika als Schönheitsideal bei den Frauen galt, konnte man bei den Meru nicht beobachten. Keine der Merufrauen hatte einen großen ausladenden Hintern und auch die Gesichter waren fein geformt. Ebenso war der gesamte Körperbau feingliedrig und fettleibige Frauen oder Männer sah man selten.

Nala war in einem kleinen Dorf am Fuße des Mount Kenia geboren worden. Ihre Mutter hatte einen Laden in einem aus Steinen gebauten großen Haus. Nala hatte zwei ältere Brüder, die aber beide schon an Malaria verstorben waren. Auch eine jüngere Schwester hatte ihre ersten drei Lebensmonate nicht überlebt. So blieb Nala ein Einzelkind, abgöttisch geliebt von ihren Eltern. Nalas Vater unterrichtete die Kinder des Dorfes. Besonderen Wert legte er auf die Geschichte des Landes Kenia und des Stammes der Meru. Mathematik und Sprachen waren weitere Schwerpunkte bei seinem Unterricht.

So lernten die Kinder von frühester Jugend, auch Kleinkinder ab dem Alter von drei Jahren waren im Unterricht willkommen, die Sprache der Meru, Suaheli und Englisch.

Die Schule bestand aus einem einzigen Raum, der mit Palisaden nach außen abgegrenzt war. Jedoch waren diese nur einen Meter hoch. Auf sechs Pfählen ruhte das große Makutidach aus Palmwedel. Es gab nur einen Tisch und einen Stuhl für den Lehrer. Die Schüler saßen auf Strohmatten auf dem Boden. Eine große Tafel, dessen Herkunft nie geklärt werden konnte, ergänzte den Schulraum. Täglich kamen die Kinder zum Unterricht. Um die Mittagszeit brachten einige Frauen Essen für die Schüler und den Lehrer. Zum Abschluss des Unterrichts kam die Dorfälteste Frau und sang mit den Kindern ein oder zwei Lieder.

Als Nala sechs Jahre alt war, nahm ihr Vater eine Lehrerstelle in der Stadt Naivasha am gleichnamigen See an. Er bekam ein kleines Haus in der Nähe der Schule, nicht weit vom Seeufer. Die Stadt hatte zu diesem Zeitpunkt bereits 150000 Einwohner und die Schulen waren voller Kinder. Oft stieg die Schülerzahl auf über 40 pro Klasse. Nalas Vater unterrichtete auf eigenen Wunsch die „Neulinge".

Nala war begeistert vom Naivashasee, der für sie ein Meer war. Mit einer Fläche von 150km² auf einer Höhe von 2000 Metern ist er der höchstgelegene See im Rift Valley. Je nach Wasserstand beträgt die Tiefe bis zu 7 Meter. Nach dem kleinen Bergdorf am Mount Kenia war dies für Nala eine neue Welt. Sie lernte schwimmen und bewegte sicher einen Nachen auf dem See. So konnte sie ihren Vater zum Angeln auf den See begleiten und oft gab es dann Süßwasserfische zum Abendessen.

Nalas Mutter erhielt eine Anstellung in einer großen Gärtnerei, in der hauptsächlich Rosen in Gewächshäusern für den Export gezüchtet wurden.

Mit 10 Jahren verließ Nala ihre Eltern Richtung Nairobi. Fortan lebte sie bei einer Schwester ihrer Mutter. Hier konnte sie die weiterführenden Schulen besuchen. Als zweite Fremdsprache lernte sie Französisch und nach der

„Secondary School" machte sie eine Ausbildung zur Touristikfachkraft. Nach ihrer Abschlussprüfung bewarb sie sich bei der African Safari Hotelerie und wurde eingestellt, für das Touristoffice in der Hotelanlage Coral-Palm Resort, das auch die interessierten Touristen des Shanzu und des Paradies Resort bediente.

Nachdem sie den Hotelbetrieb kennengelernt hatte, schloss sie sich einem Fernlehrinstitut an. Dieses Institut bildete Touristikfachkräfte zu Hotelmanager aus. Zusätzlich trafen sich mehrere Schüler einmal pro Woche am Abend in einer Schule in einem Vorort von Mombasa. Mit einem qualifizierten Ausbilder erörterten sie Ausbildungsteile, die in schriftlicher Form nur kompliziert zu lösen waren. An ihren freien Tagen fuhr Nala in ein kleines Dorf mit Namen Kibokoni, um den dortigen Schülern in der Dorfschule Englisch und Französisch zu unterrichten.

Nala bewohnte mit zwei Freundinnen, die in den Hotels Flamingo und Dolphin in der Verwaltung arbeiteten, eine schöne, moderne, bezahlbare Wohnung in der Bombolulu Village, einer Ansiedlung nahe der Hotels. Ihre Wohnung war in der zweiten und damit obersten Etage eines

Neubaus mit tollem Tageslichtbad und einer großen Terrasse. Nala hatte, wie die beiden anderen auch, je ein großes Zimmer, das als Wohn-Schlafzimmer diente und ein angrenzendes kleines Zimmer als Ankleidezimmer. Die Küche, einen Wohnraum mit der Terrasse nutzten sie gemeinsam. Ein Waschraum mit moderner Waschmaschine und Wäschetrockner war im Keller des Hauses. Außer einem Fernseher besaß Nala nur einen kleinen Motorroller, mit dem sie alles erledigen konnte, was anfiel. Zur Arbeit ins Hotel fuhr sie mit dem Bus, da dies für sie kostenlos war. Die Fahrt dauerte nicht lange, es befanden sich auf dem Weg zum Hotel nur zwei Haltestellen und der Bus hielt direkt vor dem Hoteleingang.

Einen kleinen Privatstrand oberhalb des Mtwapa Creek, mit eigenem Eingang und einer Hütte, hatte sie von ihrer Tante übereignet bekommen, da diese nur noch in Nairobi leben wollte und dafür keine Verwendung hatte. Wann immer Nala Ruhe und Erholung brauchte, verbrachte sie ihre Freizeit, meist alleine, in diesem kleinen Paradies.

Bei ihrem sehr gepflegten Aussehen und ihrem hinreißenden Körper war es nicht verwunderlich, dass Nala viele Verehrer unter den Kollegen und den Touristen hatte. Mit einigen war sie auch schon ausgegangen. Auch eine feste Verbindung war sie bereits eingegangen, aber mit der Zeit war der gute Junge zu besitzergreifend und eifersüchtig geworden, so dass sie diese Zweisamkeit wieder löste.

Aber jetzt hatte sie sich verliebt.

Bis über beide Ohren.

Ausgerechnet der neue Manager, ihr direkter Chef, hatte ihr Herz zum Schwingen gebracht. Wie sollte sie sich verhalten? Hatte das eine Zukunft oder war das für Daniel nur eine Liebelei? Er hatte auch mit Jamila und der Urlauberin Clio angebandelt. Aber Nala scheute den Vergleich mit den beiden Damen nicht. Jamila war ebenfalls eine sehr schöne Frau und Clio auch. Aber die Miss würde demnächst wieder abreisen, außerdem war sie bestimmt schon Mitte vierzig. Sicher hatte sie Nala einiges an Erfahrung voraus und einen tollen Körper, den sie zu präsentieren und einzusetzen wusste.

Lazarus, der Manager vom Paradies Resort flirtete auch sehr offensiv mit ihr, aber Nala hatte nicht das Gefühl, dass er das wirklich ernst meinte. Aber auch mit ihm war sie mal ausgegangen und hatte seine nette Art zu schätzen gelernt.

Er war ihr ein guter Freund geworden und manch guten Rat hatte er ihr schon gegeben.

Seit zwei Stunden war sie nun mit Pilates beschäftigt. Auf der Terrasse ihrer Wohnung hatte sie sich eine schöne große Gymnastikmatte ausgebreitet. Ein Ampelschirm, ein Einzugsgeschenk der Baugesellschaft, schützte sie vor der Mittagssonne. Immer wenn sie, wie heute, alleine in der Wohnung war, nutzte sie die Gelegenheit um unbekleidet zu trainieren. Dies gab ihr ein gutes Gefühl der Freiheit und machte ihr noch mehr Spaß. Im Flur der Wohnung stellte sie sich vor den Spiegel und freute sich über ihren Anblick mit den langen wohlgeformten Beinen, dem perfekt geformten Po, dem flachen Bauch und den nicht zu großen, aber festen Brüsten. Stolz betrachtete sie ihr Gesamtbild und schätzte ihre Chancen gegenüber Jamila und Clio überaus gut ein.

Heute Abend war wieder Unterricht, also lieber etwas unauffällige Kleidung, da sie auch dem Lehrer schon aufgefallen war. Aber der schien entschieden zu alt und zu hässlich.

Endlich war es Samstag. Daniel hatte im Nachbarhotel einen großen Roller gemietet und war zum vereinbarten Treffpunkt nach Bombolulu gefahren, um Nala abzuholen.

Sie sah bezaubernd aus und Daniel war wieder einmal fasziniert von ihrer Schönheit und Natürlichkeit. Zu einer schwarzen Stoffhose trug sie weiße Sportschuhe und eine gelbe Glanzbluse, die ihren Oberkörper leicht umspielte. Die Haare hatte sie geflochten und zu einem Pferdeschwanz geformt. Mit weißem Sommerhut und dunkler Brille sah sie aus wie ein Filmstar.

Wie vereinbart waren sie zum Bamburi-Nature-Trail gefahren. Der Naturpark war aus einem ehemaligen Steinbruch entstanden und beherbergte außer sehr vielen Pflanzen auch einige Arten Wildtiere und vielerlei Vögel.

Sie spazierten auf schmalen Wegen unter Casuarina Bäumen durch den Park. Bei den Antilopen und Flusspferden setzten sie sich auf eine schattige Bank und genossen den Augenblick.

„Es ist sehr schön, dass Du mir endlich ein paar Stunden mit Dir schenkst. So können wir uns länger unterhalten, ohne dass Gäste oder Mitarbeiter uns stören." Daniel war begeistert.

„Versprich Dir nicht zu viel davon. Ich bin keine gute Gesellschafterin" entgegnete Nala.

„Ich genieße Deine Nähe. Mehr will ich ja gar nicht."

„Wirklich nicht?"

Klang da ein wenig Enttäuschung durch oder wollte Nala ihn necken.

Sie schlenderten weiter und unterhielten sich über den Park, den Alltag und das Wetter. Ganz zwanglos, aber beide wirkten trotzdem etwas angespannt.

Am Ausgang des Parks kauften sie Futter und fütterten die Giraffen. Hierfür war ein größeres Podest gebaut worden. Auf diesem waren die Touristen und Schulklassen, die gelegentlich hierherkamen, mit den Tieren auf Augenhöhe. Als sie in der Nähe Gäste aus dem Coral-Palm Resort entdeckten, verließen sie den Nature-Trail und fuhren zur Krokodilfarm, genannt Mamba Village. Außer Krokodilen bestaunten sie hier Schlangen, Black und Green Mamba die giftigsten Arten, und handtellergroße Spinnen, die ihre riesigen Netze in die ausladenden Bäume gesponnen hatten. Bei einem späten Lunch probierten sie gebratene Spieße mit Krokodilfleisch, welches Daniel köstlich fand.

„Besser ich esse die Krokodile als andersherum" meinte er noch dazu.

Entgegen ihrer Ankündigung war Nala eine ausgezeichnete Gesellschafterin. In ihren Gesprächen war sie witzig und unterhaltsam. Auch ernsthaftere Themen, wie die vielfältige Religion in Kenia, behandelte sie sehr souverän. Nach dem Lunch bummelten sie noch etwas durch den sehr schönen Garten der Village. Dabei näherte sich Daniel ein wenig an. Er berührte Nala an Schulter und Arm, streichelte ihren Rücken und kam ihr mit seinem Gesicht auch sehr nahe. Bei einer dieser Annäherung wich Nala nicht zurück und so standen sie Nase an Nase gegenüber und schauten sich in die Augen. Nala hatte ein wenig nachgeholfen und war auf die Zehenspitzen gestiegen, sonst wäre es nicht möglich gewesen.

Die Gelegenheit wollte Daniel nicht verstreichen lassen und legte seine Hand auf ihren Rücken, zog sie sanft an sich und seine Lippen suchten ihre. Als sie sich trafen, war dies eine Explosion der Gefühle. Zuerst ganz sacht, dann immer leidenschaftlicher wurden ihre Küsse, bis in der Nähe ein Gärtner leise hüstelte. Sofort ließ Nala von Daniel ab und schaute verschämt zur Seite.

„Danke für dieses kurze, überwältigende Erlebnis. Ich habe von Deinem Kuss geträumt, aber die Realität ist um vieles besser." Daniel griff an ihr Kinn und zog ihren Kopf leicht zu sich und küsste sie noch einmal auf die Nase, bevor er auf Abstand ging.

Nala ergriff seine Hand und sagte: „Lass uns an den Strand fahren" und leise „hier sind zu viele Leute."

Sie bewegten sich auf der Küstenstraße nordwärts Richtung Malindi und überquerten den Mtwapa-Creek. Daniel fuhr und Nala saß hinter ihm. Ganz fest hatte sie ihn umschlungen und ihre Hände dabei unter sein Shirt gesteckt. Zärtlich streichelte sie seinen Bauch und seine Brust. Daniel fiel es schwer, sich auf das Straßengeschehen zu konzentrieren. Nach einigen Kilometer bog er auf Nalas Anweisung rechts ab auf eine schmale Lehmstraße. Am Ende der Straße schimmerte tiefblau das Meer. Nach kurzer Fahrt hielten sie an und versteckten den Roller zwischen den Bäumen. Daniel nahm seinen Rucksack mit Snacks und

Getränken und folgte Nala auf einem Trampelpfad. Sie waren noch nicht weit gelaufen, als sie an ein Tor kamen. Zu Daniels Überraschung öffnete Nala mit einem Schlüssel das Vorhängeschloss. Sie schlüpften durch und sie verriegelte das Tor wieder. Dahinter führten Naturstufen durch den lichten Wald abwärts. Als Daniel unten ankam, war er sehr erstaunt. Umrahmt von steil aufragenden schroffen Klippen sah er einen schneeweißen Sandstrand, auf den die kleinen Wellen des Indischen Ozeans sanft plätscherten. Durch ein Riff in fünfzig Meter Entfernung war der Strand vom rauen Seegang geschützt. Im Hintergrund unter Palmen an der Klippenwand stand eine bunte Hütte mit einem Dach aus Palmwedel. Diese war auf ein kleines Podest gebaut. Neben der Behausung stand ein mittelhoher Wassertank und zwei Eimer hingen daran. Nahe dem Strand, ebenfalls noch unter Palmen, war ein Podest gebaut, das als Sonnenliege diente. Nala schloss die Hütte auf und verschwand darin. Daniel wurde nicht fertig dieses Stückchen Paradies zu bestaunen. Nur zu Fuß über die Treppen und vom Meer mit einem Boot zu erreichen war dieser Strand vor Unrat und neugierigen Besuchern optimal geschützt.

Daniel zog seine Schuhe aus und watete durch das Wasser. Dabei sank er bis über die Knöchel in den Sand ein. Als er sich zur Hütte umdrehte, stand auf halbem Weg Nala. Sie hatte ein buntes Strandtuch umgewickelt und vor der Brust verknotet.

„Lass uns Schwimmen gehen" sagte sie und löste den Knoten des Tuches.

Wie in Zeitlupe rutschte das Tuch über ihre wohlgeformten Brüste und enthüllte einen schier göttlichen Anblick. Nachdem das Tuch zu Boden gerutscht war und Nala nackt vor Daniel stand wurde seine Erregung fast unerträglich. Trotzdem konnte er nur starr dastehen und bestaunte Nalas hinreißenden Körper.

Nala lief zu Daniel, half ihm sein T-Shirt ausziehen, knöpfte seine Hose auf, und mit einem leichten Schwung entkleidete sie ihn vollständig. Sie umarmten sich und gemeinsam gingen sie langsam immer tiefer ins Wasser.

Abgekämpft und sehr befriedigt fanden sie später auf der Sonnenliege wieder. Daniel hatte zwei dicke Auflagen aus der Hütte geholt und so lagen sie nun nackt nebeneinander und schauten zum strahlendblauen Himmel, dem einzigen Zeugen ihrer Anwesenheit.

Nach einiger Zeit drehte sich Nala zu Daniel und fing an, seinen Körper zu liebkosen. Er streichelte sie und nach kurzer Dauer setzte sie sich einfach auf ihn. Wie imposante Glocken wippten ihre Brüste vor seinen Augen und weiter ging die wilde Jagd.

Spät in der Nacht verließen sie überglücklich ihr kleines Liebesnest. Nachdem sie den Roller freigelegt hatten und auf die Lehmpiste traten, sahen sie am Ende des Weges ein Bremslicht aufleuchten, um dann gleich darauf hinter der Kurve zu verschwinden.

Mister Ash und die Schlangen

Lucina Carbone lag auf ihrer Sonnenliege und beobachtete Matteo, ihren Mann. Jeden Tag unternahm er lange Strandspaziergänge und immer kam er gut gelaunt und entspannt wieder. Lucina hatte sich anfänglich nichts dabei gedacht, aber dann war ihr aufgefallen, dass auch dieses Weibsstück Clio am Strand spazieren ging. Wenn Matteo den Spaziergang begann, ließ Lucina ihre Sonnenliege so hinstellen, dass sie den Strandaufgang im Auge hatte. Dann konnte sie beobachten, dass sehr oft Clio kurz vor oder kurz nach Matteo zurückkam. Dann verschwand sie gleich in ihrem Appartement. Matteo ging, bevor er zu Lucina kam immer erst unter die Dusche am Pool. Hatte das etwas zu bedeuten? Trafen die beiden sich möglicherweise am Strand? Und wozu? Lucina beschloss, wachsam zu sein.

Daniel ging durch die Hotelanlage des Coral-Palm Resort. Plötzlich stutzte er. Mit was spielten denn die Kinder da auf der Sonnenliege. Er trat näher und sah tatsächlich eine Schlange. Gerade hatte die Mutter dem kleinen Mädchen die Schlange vom Arm genommen und auf die Liege gelegt. Ungläubig schaute Daniel zur nächsten

Familie. Auch dort spielten die Kinder und Erwachsenen mit einer kleinen Schlange. Gerade wollte er die Gäste darauf ansprechen, als ein älterer Herr um die Ecke der Poolbar kam. Ein weißer Vollbart umrahmte sein runzeliges dunkelbraunes Gesicht. Seine blauen Augen lachten vor Freude. Auf dem Kopf hatte er einen weißen Sonnenhut. Sein weißes Hemd war leicht angeschmuddelt und seine lange weiße Hose hing halbmast auf den weißen Schuhen. Das Bemerkenswerteste an ihm waren die beiden Schlangen, die er um den Hals trug.

Als er Daniel sah und sein Namensschild las, hob er die Hand zum Gruß und sagte:

„Jambo, ich bin Professor Ash. Das sind meine Schlangen."

„Ach ja und die führen Sie hier im Hotel Gassi?" fragte Daniel.

Nach der förmlichen Begrüßung nahmen sie an der Poolbar Platz.

„Eigentlich bin ich gar kein Professor, aber die Kenianer hier benennen mich so. Ich leite eine Schlangenfarm hier in der Nähe und führe ab und zu eine Schlangenshow im

114

Lions Pub Nightclub durch. Die beiden kleinen Pythons auf der Liege sind erst ein halbes Jahr alt und absolut harmlos, genauso wie die beiden um meinen Hals. Die sind fast zwei Meter lang aber auch ungefährlich. Habe sie heute am Morgen noch gefüttert. Ich mache ein wenig Werbung in eigener Sache und animiere die Gäste zum Besuch meiner Schlangenshow" erklärte Professor Ash.

Daniel hatte den Flyer studiert.

„Während der Show zeigen sie aber auch giftige Schlangen?"

„Ja, ich habe eine Black Mamba dabei und eine Speikobra. Auch eine Königskobra habe ich in der Show. Aber ich garantiere, dass nichts passieren wird. Ich habe geschultes Personal."

„Nun ja, wenn sie das verantworten können, soll es mir recht sein. Aber bitte sammeln sie die lieben Tierchen wieder ein, wenn sie die Liegewiese verlassen" bat Daniel.

„Natürlich, ich kann keine meiner Hauptdarsteller entbehren. Außerdem habe ich ein kleines Krokodil und einen größeren Waran dabei. Kommen sie in den Nachtclub heute Abend und schauen sie sich die Show an."

„Das mache ich gerne, Professor. Kwaheri.“

Beim Lunch mit den anderen Managern herrschte eine sonderbare Stimmung. Außer Daniel machten alle einen bedrückten Eindruck. Nur Sabine, Volkers Frau, plapperte lustig drauf los und erklärte Daniel den Ablauf der Schlangenshow.

„Der Höhepunkt wird sein, wenn der Professor die Speikobra so lange reizt, bis sie ihr Gift spuckt. Mister Ash trägt deshalb vorsichtiger Weise eine Brille“ so Sabine. „Einer seiner Helfer, ein Kenianer, hat schon viele weiße Flecken im Gesicht und an den Armen, wo ihn die Kobra schon angespuckt hat“ erzählt Sabine.

„Gab es da noch nie einen Zwischenfall? Könnte doch auch sein, dass die Schlange ins Publikum spuckt“ wollte Daniel wissen.

„Nein, da gab es noch nie Probleme“ wiegelte Volker ab.

„Wenn Du hingehst, kannst Du es ja mal probieren, die Schlange zu reizen“ meinte Antony zu Daniel gewandt.

„Oder streichele doch einfach mal eine Mamba“ ergänzte Lazarus.

„Was ist denn mit Euch los. Wenn ihr schlechte Laune habt, könnt ihr die bitte woanders abladen" entgegnete Daniel. „Ich habe dafür keine Verwendung."

„Ja, bei Dir scheint momentan alles gut zu laufen. Aber pass auf, das kann sich ganz schnell ändern" blaffte Antony, warf seine Serviette auf den Tisch und verließ den Managertisch.

„Was war das denn?" wunderte sich Daniel und sah fragend in die Runde.

„Könnte man vielleicht als Warnung verstehen" sinnierte Lazarus und schaute Daniel grimmig an.

Sabine stand auf und sagte: „Kommt ans Buffet, da wird Eure Laune wieder besser."

Auf dem Rückweg zum Coral-Palm schaute Daniel an der Rezeption nach Jamila.

„Jambo Jamila, wie geht es Dir? Hast Du bessere Laune als meine Kollegen?" grüßte Daniel.

„Jambo Mister Manager. Schön das Du mich besuchst. Ich freue mich sehr, wenn Du kommst."

„Du siehst heute wieder bezaubernd aus. Gerne würde ich Dich küssen, aber wir sind ja im Dienst" flirtete Daniel.

„Das können wir gerne heute Abend nachholen. Ich darf mir die Schlangenshow im Lions Pub ansehen. Ich hoffe Du kommst auch?" Jamila schaut ihn bittend an.

„Jetzt komme ich noch viel lieber. Dann bis heute Abend."

Während Daniel seinen Weg fortsetzt, sieht er durch die spiegelnde Scheibe der Rezeption Antony, der ihm grimmig nachschaut.

„Jambo Nala, schön Dich zu sehen" Daniel hatte den Durchgang passiert und war im Touristoffice auf Nala gestoßen. Wenn er sie anschaute, schlug sein Herz Purzelbäume. Seit vergangenem Samstag wurde er das Gefühl nicht los, das er dieser Frau hoffnungslos verfallen könnte. Jedes Mal, wenn er sie sah, ein Stückchen mehr.

Nala strahlte ihn an und ihre Augen funkelten im Dämmerlicht des Makutidaches wie Diamanten.

Leider hatte sie einen Gast vor sich sitzen, der gerade eine Safari buchen wollte. Das war wichtiger wie ein kleiner Flirt. So ging Daniel weiter zum Speisesaal. Er durchquerte den Saal, sprach einige Gäste an, schaute das fast leergeräumte Buffet an und lobte den Koch, der dahinterstand, was diesem ein dankbares Lächeln entlockte. Plötzlich stand Timo neben ihm.

„Mister Daniel, wir müssen reden." Aber da in selbem Moment Alphonse den Speisesaal betrat, entfernte sich Timo wieder und Daniel gesellte sich zum Smalltalk zu dem Restaurantchef.

Was wollte Timo mit ihm reden. Seit dem Vorfall in der Küche und der nichterfolgten Entlassung der beiden Waiter, genoss Daniel viel Sympathie bei den Mitarbeitern des Speisesaals. Der Vorgang im Fitnessraum beschäftigte ihn auch noch, obwohl er das als Kleinigkeit empfand. So spazierte er grübelnd durch die Anlage und inspizierte die Sonnenliegen und Sonnenschirme, denn er hatte gesehen, dass einige kaputt waren. Er sprach mit den Gärtnern und mit Duncan, der gerade einen Askari zurechtstutzte, weil dieser sich eine Zigarette von einem Gast erbettelt hatte.

„Duncan, was halten Sie von der Schlangenshow im Lions Pub. Ist ein Nightclub für so etwas geeignet?" fragte er.

„Keine Bedenken Mister Daniel. Im Nightclub ist die Klimaanlage auf 17 Grad heruntergedreht, da hat keine Schlange Lust auf Bewegung. Die Speikobra ist natürlich ein Risiko, aber der Professor weiß, wie man das macht. Ist noch nie etwas passiert" versicherte Duncan und war sichtlich stolz, dass der Manager ihn vor seinem Mitarbeiter nach seiner Meinung fragte.

Als er bei eintretender Dämmerung sein Appartement betrat, spürte er schon, dass das Managerdasein auch Arbeit sein konnte. Er öffnete die Glastür zum Balkon und trat hinaus. Auf der anderen Seite des Gebäudes, keine 20 Meter von ihm, sah er Clios nackten Körper im Abendlicht glänzen.

Nach dem Dinner, das Daniel heute Abend alleine im Coral-Palm Resort eingenommen hatte, suchte er den Kontakt zu Timo. Aber jedes Mal, wenn er in seine Nähe kam, stand auch Alphonse unmittelbar dabei. Daniel gab auf und schlenderte zur Poolbar, an der er schon aus der Ferne Clio sitzen sah. Den unvermeidlichen Cocktail vor sich, eingehüllt in ein tolles Kleid, das ihre Figur so richtig zur Geltung brachte, begrüßte sie Daniel mit einem Lächeln der besten Art.

Er bestellte sich einen Gin Tonic. Sabine hatte ihm gesagt, dass dies die wirksamste Malariaprophylaxe war und außerdem gut schmeckte. Als Manager hatte er ein bestimmtes Kontingent an Getränken frei, so dass er nicht durstig zu Bett gehen musste.

Daniel machte Clio wieder viele Komplimente wegen ihrem Aussehen, aber in Anwesenheit des Barkeepers verzichtete er auf mehr.

„Gehst Du mit zur Schlangenshow?" fragte er dann.

„Nein Daniel, ich finde Schlangen schrecklich und habe Angst vor ihnen. Auch finde ich es verantwortungslos, mit Giftschlangen im geschlossenen Raum zu hantieren, im Beisein von vielen Kindern." Sie ereiferte sich regelrecht.

„Gut, ich möchte mir das mal anschauen. Möglicherweise treffen wir uns später noch in einer Bar."

„Das wäre schön" strahlte Clio.

Der Lions Pub Nightclub war brechend voll. Zur Freude von Professor Ash nutzten viele Gäste der drei Hotels die Gelegenheit, die Schlangen zu sehen. Die Kellner und Barkeeper wuselten umher, um Getränke auszutragen und Bestellungen anzunehmen. Daniel merkte schon beim Eintreten, dass der Raum gegenüber den anderen Hotelräumen extrem runtergekühlt war. Aber nach kurzer Zeit hatte er sich daran gewöhnt. Er setzte sich an die Bar, bestellte einen Gin Tonic und beobachtete die Schlangenshow, die bereits in vollem Gang war. Gerade präsentierte Professor Ash eine mindestens drei Meter lange Felsenpython, die von zwei Helfern auf die umgestaltete Tanzfläche des runden Pubs getragen wurde. Plötzlich stand Jamila vor ihm. In den Händen eine kleinere Ausgabe der Python.

„Ich dachte Du wolltest Dir die Show ansehen und nicht arbeiten" sagte Daniel.

„Eine Mitarbeiterin vom Professor ist ausgefallen, da hat er mich gefragt und mir macht es Spaß" erklärte Jamila.

122

„Aber bei den giftigen Schlangen hörst Du auf, ja?"

„Natürlich, die gibt der Professor nicht aus der Hand" entgegnete Jamila und ging lächelnd weiter.

Daniel schaute sich um, er war der Einzige der Manager, der anwesend war. Im Hintergrund meinte er Samuel zu sehen, aber zu kurz, um sicher zu sein, dass er es war.

Der Professor gab sich sehr viel Mühe und das Publikum dankte es ihm mit wohlwollendem Applaus.

Nach der Nummer mit der Speikobra verließ Daniel den Lions Pub. Unschlüssig blieb er im Halbdunkel stehen, als er seitlich vom Pub Samuel sah, der mit etwas beschäftigt war, das er nicht erkennen konnte. Weitere Gäste verließen den Pub und versperrten Daniel die Sicht. Nachdem er wieder freies Blickfeld hatte, war Samuel nicht mehr da. Dafür erschien Jamila an der Stelle und Daniel ging zu ihr.

„Na Schlangenfrau, Show beendet?" fragte er und sie erschrak leicht. Sie fasste sich schnell und antwortete:

„Der Professor zeigt jetzt die giftigen Schlangen da braucht er mich nicht mehr."

Sie standen im Schatten mehrerer Bäume und der Duft der Frangipaniblüten lag schwer in der Luft. Daniel verspürte den Wunsch, Jamila zu küssen, und zog sie an sich. Willig kam sie ihm entgegen und ihre Lippen fanden sich im blinden Verständnis. Nachdem sie eine Weile mit Küssen beschäftigt waren, zog sich Jamila zurück.

„Tut mir leid Daniel ich muss nach Hause. Du weißt ja, langer Weg, früher Dienst."

Daniel bemerkte erst jetzt einen Leinenbeutel, den Jamila in der Hand hatte.

„Was ist das denn?"

„Ein Geschenk vom Professor" antwortete Jamila und lächelte geheimnisvoll. „Wir sollten uns mal wieder einen Tag Zeit nehmen, meinst Du nicht?" lenkte sie ab.

„Ja, sehr gerne."

Nach einem langen Abschiedskuss schlenderte Daniel zum Eingang des Nightclubs zurück, wobei er zwischen einigen Gästen jetzt ganz sicher Samuel erkannte.

Was machte der noch hier? Normalerweise halten sich die Mitarbeiter nach ihrem Feierabend nicht mehr in der

124

Hotelanlage auf. War das wichtig für ihn? Achselzuckend wandte er sich ab und suchte in den Bars nach Clio. Aber die war leider nirgends zu finden.

Schlange und Massaispeer

Nach dem Frühstück schenkte Daniel der schriftlichen Arbeit seine Aufmerksamkeit und arbeitete einige Listen von Alphonse durch. Zwei Stunden waren vergangen, da hatte er keine Lust mehr und wollte gerade sein Büro verlassen, als Timo anklopfte.

„Was gibt´s Timo?"

„Miss Clio hat noch nicht gefrühstückt. Ich bin schon seit sechs Uhr hier, habe sie aber noch nicht gesehen, Mister Daniel."

„Wieso macht Dir das Sorgen?"

„Sie frühstückt jeden Morgen ab 7 Uhr 30 und das schon seit einigen Wochen."

„Ok, ich schau nach Ihr. Was wolltest Du mir neulich sagen, Timo?"

„Ja Mister Daniel, ich habe gehört ……….."

In diesem Moment klopfte Alphonse an die offene Tür.

„Mister Daniel, entschuldigen Sie bitte, aber Miss Clio hat noch nicht gefrühstückt und der Speisesaal schließt

126

gleich" kam der Restaurantchef schnell zur Sache und schaute Timo dabei misstrauisch an.

Daniel erklärte, dass er nach ihr schauen würde, wenn schon zwei aus dem Speisesaal sich Sorgen machen. Alphonse verstand und sah Timo etwas freundlicher an, sagte aber trotzdem:

„Du hättest nicht direkt zum Manager gehen müssen, so etwas kannst Du auch mir sagen, sowie Simon und Wilson das gemacht haben."

Der halbe Speisesaal machte sich Sorgen um Clio. Gab sie besonders viel Trinkgeld oder war sie tatsächlich so beliebt beim Personal? Egal, Daniel schlug sofort den Weg zu Clios Appartement ein.

Nach dem dritten Klopfen wollte er schon wieder gehen, als er ein leises Stöhnen aus dem Raum hörte. Daniel lauschte und legte dabei sein Ohr an die Tür. Wieder dieses Stöhnen. Er bewegte den Türdrücker, aber die Tür war verschlossen. Das Stöhnen wurde lauter und eindringlicher. Daniel suchte und fand einen schmalen Sims am Gebäude entlang zum Balkon. Langsam hangelte er sich auf dem schmalen Vorsprung entlang, bis er den

Balkon erreichte. Mit einem leichten Sprung stand er auf dem Balkon. Die Tür zum Zimmer stand weit offen und was Daniel sah, ließ ihn erschaudern.

Clio lag im Bett auf dem Rücken, zugedeckt mit einem leichten Laken. Auf der Bettdecke lag auf Höhe ihres Bauches eine zusammengerollte Schlange. Als Daniel den Raum vorsichtig betrat, wurde er von Clio und der Schlange bemerkt. Clios Gesicht war von Schweiß überzogen und das Laken war schweißgetränkt. Ihre Augen waren starr auf das Tier gerichtet und sie atmete ganz flach. Daniel war einen Moment ratlos. Wie konnte er Clio helfen? Die Schlange hatte sein Eintreten bemerkt und leicht den Kopf gehoben. Mit starrem Blick fixierte sie ihn und die Zunge schoss einige Male aus ihrem Maul und nahm Witterung auf. Professor Ash fiel Daniel ein und die Angst von Clio vor Schlangen. Langsam tapste er rückwärts zur Balkontür raus, zückte sein Telefon und wählte die Nummer der Rezeption.

„Anna, ist der Professor Ash noch im Haus?"

„Ja, dem ist eine Schlange ausgebüxt und die suchen sie noch" war Annas Antwort.

Ein paar Minuten später stand der Schlangenbändiger vor Clios Tür. Daniel hatte sich nach dem Telefonat wieder ins Zimmer begeben und bewegte sich langsam zur Tür. Der Schlangenkopf folgte jeder seiner Bewegungen und sie züngelte wild hin und her. Clio war einer Ohnmacht nahe, soweit Daniel das beurteilen konnte. Langsam drehte er den Türschlüssel und vorsichtig zog er die Tür auf. Professor Ash trat behutsam ein, um dann in ein lautes Lachen auszubrechen.

„Mein Gott, Amelia, da hast Du es Dir bequem gemacht."

Mit einem schnellen Schritt war er am Bett und ebenso schnell hatte er die Schlange von Clios Bauch genommen. Ein Helfer trat ein und der Professor verstaute Amelia in einer kleinen Box.

„Normalerweise tun diese Pythons niemanden etwas. Deshalb war das ungefährlich. Nur wie kommt Amelia in dieses Appartement im Dachgeschoss?" überlegte der Professor laut und verließ das Zimmer.

Daniel kniete an Clios Bett und träufelte ihr vorsichtig Wasser in den Mund und ins Gesicht. Clio hatte wohl viele

Stunden bewegungslos im Bett gelegen. Sie war unfähig, sich zu bewegen. Daniel strich ihr mit einem feuchten Tuch über das Gesicht und langsam, ganz langsam löste sich die Starre ihres Körpers und sie fing an leise zu weinen. Daniel nahm ihren Kopf in seine Hände und küsste sie auf den Mund. Nach einigen Minuten war sie wieder bewegungsfähig und die Tränen waren versiegt.

„Danke Daniel, Du hast mich gerettet" seufzte sie.

„Danke den Mitarbeitern im Speisesaal, die haben Dich vermisst und mich heraufgeschickt. Am besten Du gehst unter die Dusche. Ich rufe den Zimmerservice, der soll die nassen Laken austauschen und ich hole Dir Frühstück, ist das ok?"

Dankbar gab sie Daniel einen Kuss auf die Wange und verschwand im Bad. Als er das Appartement verlassen wollte, bemerkte er einen kleinen Leinenbeutel hinter der Tür. Neugierig hob er ihn auf und erschrak. Hatte er diesen Beutel nicht gestern Abend in Jamilas Hand gesehen? Auch fiel ihm sofort Samuel ein, den er an der gleichen Stelle wie Jamila hinter dem Pub ausgemacht hatte. Waren die beiden in diese Sache verwickelt?

Nachdenklich betrachtete er den Beutel, steckte ihn ein und verließ Clios Appartement.

Der Vorfall war Tagesthema in der Hotelanlage. Der Zimmerservice hatte die Geschichte nach außen getragen und solche Vorkommnisse schlugen hohe Wellen, sowohl bei den Mitarbeitern wie auch bei den Gästen.

Beim Lunch erbrachte Daniel den Vorschlag, zukünftig auf Schlangenshows zu verzichten, aber die anderen Manager lehnten dies ab.

Der Tag schleppte sich ein wenig dem Abend entgegen und Daniel war froh, als es dunkel wurde. Unzähligen Fragen von den besorgten Gästen musste er sich stellen und Clio hatte er mehrfach besucht. Sie war sehr erschöpft und der Schrecken stand ihr immer noch im Gesicht, als Daniel sie am Abend aufsuchte.

„Das hat doch irgendjemand arrangiert, Daniel." Clio flüsterte, wie wenn sie auf ihrem Balkon gehört werden könnten.

„Ich weiß nicht, wer oder warum, aber ich gebe Dir recht. Die Schlange kommt ja nicht von alleine in Dein Appartement" bestätigte Daniel ihre Vermutung und dachte dabei an Jamila.

„Ich war recht früh in meinem Zimmer, hielt mich aber auf dem Balkon auf. Erst als ich schlafen ging habe ich die Tür verriegelt. Möglicherweise hat dies jemand genutzt." Clio war für heute am Ende ihrer Kraft. Daniel ließ ihr das Dinner von Timo auf ihr Zimmer bringen.

Sie saßen im vierten Stock des Haupthauses im Paradies Resort. Sabine und Volker hatten Daniel zu einem kleinen Umtrunk in das Penthouse eingeladen, welches sie als Hauptmanager bewohnten. Von unten erklang Musik der Safari Sound Band, die heute Abend zum Tanz aufspielten. Für etwas später war auch noch eine Tanzshow der Massai vorgesehen.

Bisher hatte Daniel Sabine nur beim Mittagessen gesehen. Jetzt hatte er Gelegenheit, sie näher zu betrachten. Sie war schon eine hübsche Frau, nur versteckte sie ihre Attraktivität. Von Schminken hielt sie wohl gar nichts. Nun ja, ihr Gesicht war auch so ansehnlich, aber eben nur hübsch. Ihre braunen Locken sahen gepflegt aus und kräuselten sich bis zur Schulter. Unter einem Halbarmshirt zeichnete sich ihre kleine Brust ab. Sie war schlank und trug zum Shirt einen wadenlangen Rock, der den Rest ihrer Figur vollkommen verbarg. Dazu hatte sie flache Sandalen an. Eine hübsche Frau, die nichts aus sich machte, oder machen wollte? Nachdenklich schaute er Sabine und Volker an und rätselte, was die beiden aneinander fanden. Er war ein äußerst attraktiver und selbstbewusster Mensch. Vielleicht zu attraktiv und zu selbstbewusst für Sabine?

Natürlich diskutierten die drei die Vorkommnisse der vergangenen Tage. Aber sie konnten sich auf keine Erklärung einigen. Kurz vor Showbeginn verließ Daniel das Penthouse. Volker begleitete ihn zur Tür.

„Hör mal Daniel, unter uns, wenn Du Deinen sexuellen Trieb verspürst, ich kann Dir da ein sehr sauberes und kostengünstiges Etablissement in der Nähe des Castle Hotel in Mombasa empfehlen" flüsterte er ihm vertrauensvoll zu.

„Noch habe ich keine Probleme damit, aber wenn, dann frage ich Dich nach der genauen Adresse" antwortete Daniel ebenfalls ganz leise.

„Das ist auf jeden Fall besser als Ärger im Hotel, wenn man die Finger nicht von den Gästen oder dem Personal lassen kann."

Das war eindeutig eine Warnung.

Daniel beobachtete beim Verlassen des Gebäudes eine Schar junger Massai, die sich zum Auftritt vorbereiteten. Er schlenderte zur Bar und traf Lazarus, der als Manager des Paradies Resort bei solchen Veranstaltungen dabei sein musste. Rings um den Pool hatten die Mitarbeiter Tische und Stühle in Gruppen aufgestellt und mitten drin ein freies Stück Tanzfläche eingerichtet. Gerade verklangen die letzten Töne vom Lied „Mombasa" als die Massai mit ihrer Show begannen. Sie führten mehrere ihrer kriegerischen Tänze vor. Nach der Show liefen sie zu den Tischen, sammelten Trinkgeld und boten ihre Schilder und Speere zum Kauf an. Daniel unterhielt sich eine kurze Zeit mit Lazarus, um dann die Toilette aufzusuchen. Als er diese verließ, sah er Antony, den Manager vom Shanzu Resort, der mit einem Massai sprach. Daniel drückte sich ein wenig an die Hauswand in den Schatten und beobachtete wie er einem der Krieger die Hand gab und sich dann Richtung

134

Ausgang entfernte. Daniel schlenderte wieder an die Bar, aber Lazarus hatte andere Gesprächspartner gefunden. Gäste werden bevorzugt.

Nach einem weiteren Gin Tonic lief Daniel hinunter an den Strand und setzte sich auf eine Sonnenliege. Lange Zeit schaute er den Wellen zu, die immerfort auf den Sand klatschten. Seine Gedanken wanderten zu dem kleinen, einsamen Strand, den er durch Nala kennengelernt hatte. Er hoffte, sie würde mit ihm noch viele schöne Tage dort verbringen. Da fiel ihm Clio ein und er nahm sich vor, nach ihr zu sehen. Gemütlich lief er durch die nun menschenleere Außenanlage. Leise erklang vom Paradies Resort das Lied „Jambo Kenia" als er eine Bewegung nicht weit vor sich wahrnahm. Daniel schlenderte weiter und glaubte dann, Geräusche hinter sich zu hören. Aber als er sich umdrehte, konnte er niemand entdecken. Fast hatte er das Coral-Palm Resort erreicht, da hörte er ein Flirren hinter sich. Er drehte sich nach links und verspürte einen leichten Schlag im Rücken und mit einem dumpfen Plopp schlug etwas in die Palme neben ihm. Daniel schaute schnell in die Runde und sah einen dunklen Schatten zwischen den Pflanzen verschwinden.

In der Palme neben ihm steckte ein Massaispeer.

Daniel erschrak. Das konnte doch kein Zufall mehr sein. Letzte Nacht Clio und die Python, davor der „Unfall" im Fitnessraum und jetzt das.

Aber immer andere Verdächtige.

Mit der Sache im Fitnesscenter brachte er Samuel in Verbindung. Die Schlange und Jamila kamen ihm in den Sinn. Und nun der Speer und Antony. Der hatte sich, obwohl dienstfrei, am heutigen Abend im Hotel aufgehalten und mit den Massai gesprochen.

Daniel zog den Speer aus der Palme und bemerkte, dass dies ein fester, ganzer Speer war, nicht einer dieser Souvenirspeere, die sich in drei Teile zerlegen ließen, um im Koffer Platz zu finden. Eine grüne klebrige Flüssigkeit haftete an der Speerspitze. Gift oder Palmensaft?

Er nahm den Speer und brachte ihn in sein Appartement. Dann ging er zu Clio, aber die schlief offenbar schon.

Massagehaus

Der Abgang zum Strand war mit Natursteinen befestigt und auch die Mauer, die die Treppe stützte, war aus Bruchsteinen kunstvoll gemauert. An der Stelle, an der die Stufen endeten, war der Shanzu Beach nicht sehr breit. Nach nur fünf großen Schritten stand man schon im Wasser des Indischen Ozean. Lief man am Strand entlang nach rechts, so endete das Hotelgelände oben auf den Klippen und unten begann eine lebhafte naturbelassene Vegetation und der Strand verbreitete sich auf fast fünfzig Meter. So mancher Strandhändler hatte sich hier verbotener Weise eine kleine Hütte oder Bude gebaut, in der er seine Ware aufbewahrte, so dass er diese nicht jeden Abend mit nach Hause nehmen brauchte. Mit abenteuerlichen Aufschriften wie „Neckermann Schlußverkauf" oder „billiger wie beim Aldi" wurden diese Buden verschönert. Sehr zur Belustigung der Touristen, die hier täglich am Strand flanierten. Nach einigen hundert Metern begann ein kurzer gepflegter Strandabschnitt. Hier befand sich eine größere Hütte mit kleiner angebauter Theke. Hier wurden Getränke und Obst angeboten. Die Frauen, die die Waren in Körben von weit her geschleppt hatten, schälten sogar die Mangos oder Ananas zum sofortigen Verzehr. Einen Kühlschrank für die Getränke gab es am Strand nicht. Die Dosen und Flaschen wurden in Kühlboxen aufbewahrt und zweimal täglich mit frischen Eiswürfeln übergossen. Einige Plastikstühle und kleine Plastiktische luden zum Verweilen ein und wurden pingelig sauber gehalten. Auf Holzbänken saßen Afrikanerinnen in weißen Shirts und Hosen und boten Massagen an. Hinter den Büschen, die den Strand vom Hinterland abgrenzten, befanden sich mehrere Massagestationen. Aus rohem, teilweise unbehandeltem Holz waren hier Podeste errichtet, mit abenteuerlichen Dächern. Auf die Podeste waren Matratzen aufgelegt und mit fast sauberen Bettlaken bespannt. Je zwei Matratzen bildeten eine Massagestation. Zum bequemen Liegen gab es auch noch Kopfkissen aus Schaumstoff, ebenfalls sauber bezogen. Zwischen den Dachträgern waren schließbare Vorhänge gespannt. Ein paar Meter weiter hinten stand ein massives Massagehaus mit kleiner Terrasse. Auch dieses Haus war auf ein Podest gebaut, aber mit einem Makutidach bedeckt. Eine große Eingangstür und ein Fenster an jeder Seite komplettierte das Gebäude. Im Innern befanden sich drei Matratzen, die frisch bezogen auf dem Boden lagen. Etliche kleine, kniehohe dreibeinige Tische, zum Abstellen der Getränke oder der Massageöle, standen um die Liegefläche. Die Fenster waren von innen mit

138

Moskitonetzen versehen und an der Decke drehte sich gemächlich ein großer Ventilator. An der Rückwand stand eine Minibar, gefüllt mit Erfrischungsgetränken und Bier. Die elektrische Versorgung wurde durch ein langes dickes Kabel hergestellt. Kaum einer wusste, wo es herkam.

Dieses Massagehaus konnte man für mehrere Personen mit und ohne Masseurinnen mieten.

Matteo Carbone hatte seinen kurzen Spaziergang beendet. Nackt lag er auf einer der Matratzen, neben sich einen Cocktail auf dem kleinen Tisch und schaute erwartungsvoll zur geöffneten Tür hinaus. Clio, dieses Luder, ließ ihn wieder warten. Wusste sie doch, dass er sie sehr begehrte, aber immer nur wenig Zeit für ihre Zweisamkeit blieb.

Als Clio am Strand auftauchte, machte sich eine starke Erregung ihn Matteo bemerkbar. Mit wiegenden Hüften, verführerischem Lächeln und einem Cocktail in der Hand, kam sie auf das Massagehaus zu, trat ein und eine geschäftige Person schloss hinter ihr die Tür.

Clio sah wieder zauberhaft aus. Ihr Kopf und Gesicht wurde von einem großen Sonnenhut geschützt. Die eindrucksvollen Brüste waren in ein Bikinioberteil gebettet, das sie ausgezeichnet zur Geltung brachten. Um die Hüften trug sie ein wadenlanges Wickeltuch. Die Strandschuhe hatte sie draußen stehen lassen. Barfuß umrundete sie Matteo und dieser drehte sich langsam auf den Rücken, um Blickkontakt mit Clio zu halten. Diese sah schmunzelnd auf sein hochaufgerichtetes, erregtes Glied. Gemächlich stellte sie den Cocktail ab und legte den Hut in die Ecke. Breitbeinig stellte sie sich über Matteo, streichelte ihren Bauch und öffnete ihr Bikinioberteil. Langsam zog sie den Stoff von ihren Brüsten, ließ ihn fallen und hörte Matteo stöhnen. Mit fließenden Bewegungen der Hände und des Beckens knotete sie das Wickeltuch auf und ließ es nach unten gleiten. Jetzt, da Matteo freien Blick auf Clios Lustzentrum hatte, richtete er sich auf und umklammerte ihre Oberschenkel mit seinen Händen.

Eine Weile später lag Clio nackt auf dem Rücken und Matteo saß neben ihr und nuckelte an seinem Cocktail.

„Es war wieder sehr schön Clio, Danke dafür" sagte er und schaute sie begierig an.

„Das tue ich doch gerne für Dich" antwortete sie und legte ihre Hand auf seinen Unterbauch.

„Clio, Du machst mich wieder jung. Ich hoffe wir können noch viele Stunden hier verbringen."

„Das liegt ganz an Dir, Matteo. Du hast mir schon ein paarmal versprochen, dass wir ganz zusammen gehen werden."

„Ja, das habe ich. Aber Du weißt doch, dass meine Frau sehr eifersüchtig ist und Sie hält immer noch alle Trümpfe in der Hand."

„Dann musst Du Dir überlegen, was Dir wichtig ist, meine Geduld ist nicht unendlich."

Bei diesen Worten ließ Clio ihre Hand sacht nach unten gleiten und um Matteos Beherrschung war es geschehen.

Volker

Volker saß am Morgen in seinem Managerbüro und hatte schlechte Laune. Das Büro war ein Teil des Penthouse im Paradies Resort und schloss direkt an die Dachterrasse an. Von seinem Schreibtisch hatte Volker einen phantastischen Blick über die Hotelanlage und auf den Indischen Ozean. Aber heute konnte er den Ausblick nicht genießen. Seine Gedanken gingen zurück zu dieser unliebsamen Begegnung vor einigen Tagen im Castle Hotel Mombasa.

Einmal in der Woche fuhr Volker mit drei Mitarbeitern aus den Küchen der Resorts zum Markt nach Mombasa. Wie immer waren sie zeitig aufgebrochen. Einen Pickup teilten sich die drei Hauptköche und ein Fahrer. Im zweiten Pickup fuhr Volker alleine. Der Markt war schon in vollem Gange und sie besuchten zuerst den Fleischmarkt. Hier orderten sie den Fleischbedarf für etwas mehr als eine Woche. Die Händler bestimmten die Preise und Volker versuchte, diese möglichst weit herunter zu handeln. Aus Erfahrung wusste er, wann der tiefste Preis erreicht war. Dann hatte auch handeln keinen Sinn mehr. Aber frei nach dem Motto „Leben und leben lassen" einigte man sich immer auf einen, für beide Seiten, vertretbaren Preis. Die Händler lieferten dann täglich, am Vormittag, die Ware aus. Genauso verhielt es sich beim Fisch und den Schalentieren. Das erhandelte und geordete Obst und Gemüse wurde für diesen einen Tag allerdings gleich aufgeladen. In den folgenden Tagen wurden von den Händlern die gleichen Mengen frisch in die Hotels geliefert. Bezahlt wurde per Rechnung nach Lieferung. Das Handeln war immer sehr zeitaufwändig, machte Volker aber auch viel Spaß. Da er das Suaheli beherrschte, und schon lange im Markt einkaufte, traute sich auch kein Händler die Ware überteuert anzubieten.

Als die erhandelte Ware für den aktuellen Tag verstaut war, machten sich die Köche mit dem Fahrer auf den Heimweg. Volker fuhr in die Innenstadt. In der Nähe der gekreuzten Elefantenstoßzähne, dem Wahrzeichen Mombasas, parkte er den Pickup. Dann schlenderte er die Moi Avenue zurück, zum Hauptbüro der African Safari Hotelerie in der direkten Nachbarschaft der Diamond Trust Bank. Nach einem Smalltalk mit den Mitarbeitern und dem Austausch von Informationen ging Volker weiter zum Castle Hotel. Über eine Treppe im Hinterhof, der auch als Parkplatz diente, gelangte er in den dritten Stock. In einem

Zimmer mit abgedunkelten Fenstern warteten Mary und Laurina bereits auf ihn.

Mary lag auf dem breiten King Size Bett und lächelte Volker erwartungsvoll an. Ihr Gesicht war hübsch und dezent geschminkt. Die langen schwarzen Haare trug sie offen und sie bedeckten zum Teil ihre vollen Brüste. Einen hinreißenden Anblick bot die dunkelhäutige Lady, die nackt auf einen Arm gestützt mit angewinkeltem Bein und leicht geöffneten Oberschenkeln sich hemmungslos präsentierte. Ihre linke Hand streichelte sacht über ihren Schambereich.

Laurina stand vor einer Kommode mit einem Cocktail in der Hand. Ihre Haare hatte sie zu kleinen Zöpfen geflochten und zu einer Hochfrisur zusammengesteckt. Auch ihr bezauberndes Gesicht war dezent geschminkt. Lediglich die vollen Lippen waren knallrot. Um den Hals trug sie ein rotes Band. Ihre großen Brüste mit den ausgeprägten Brustwarzen und den hochaufstehenden Nippeln neigten sich ein wenig nach unten zur schmalen Taille. An den Brustwarzen hatte sie kleine, goldene Bommel befestigt. Die Schambehaarung hatte Laurina in den Farben Rot und Grün gefärbt. Die Füße steckten in

Bedboots, die bis über die Oberschenkel hochgezogen waren.

„Jambo, Mister Manager" begrüßte sie Volker.

Volker ging zu ihr umfasste mit beiden Händen die großen Brüste und sagte:

„Jambo Ladys, lasst uns spielen."

Zwei Stunden später stand Volker im Hof des Castle Hotel. Durch einen Hintereingang kamen gerade die beiden Damen Mary und Laurina heraus. Selbstverständlich bekleidet, aber eindeutigerweise in auffälligen Kleidungsstücken, die bei Männern die Phantasie anreizte. Volker unterhielt sich ein paar Minuten mit den beiden um sich dann mit Küsschen von ihnen zu verabschieden.

Als er sich zum Gehen umwandte, bemerkte er am Eingang des Hofes Lucina und Matteo Carbone. Beide lächelten ihn an und Lucina winkte ihm mit einem Fotoapparat zu. Volker stand wie erstarrt und war zu keiner Regung fähig. Die Carbones grüßten nochmals und liefen ihres Weges.

Diese Begegnung zog noch keine unliebsamen Konsequenzen nach sich, bis gestern.

Volker inspizierte die Anlage des Paradies Resort und ging zum Strand. Vor kurzer Zeit hatte er neue Sonnenliegen in Auftrag gegeben, die nun ausgeliefert waren. Die musste er sich mal ansehen.

Auf einer der älteren Liegen traf er Lucina Carbone. Aus Gewohnheit sprach er sie an.

„Jambo Miss Carbone, alles in Ordnung?"

„Eigentlich schon, Volker" antwortete Lucina. „Wenn da nicht der übereifrige Manager vom Coral-Palm Resort wäre, der meint, sich immer und überall schützend vor seine Mitarbeiter stellen zu müssen."

„Nun ja, dass gehört auch zu seinen Pflichten" antwortete Volker recht defensiv.

„Es ist ja ok, dass er sich unter seinen Mitarbeitern möglichst viele Freunde machen möchte. Aber muss er sich dann immer mit mir anlegen?"

Lucina schaute Volker verschlagen an und ihn fröstelte bei 35 Grad im Schatten.

146

„Warum geben Sie Ihm auch immer wieder einen Grund dazu?" fragte Volker.

„Wenn mir danach ist, dann reagiere ich so. Reden Sie doch bitte mal mit Daniel, dass er das zukünftig unterlässt." Lucinas Lächeln wird immer breiter. „Ich könnte sonst auf die Idee kommen, gewisse Bilder vom Hinterhof des Castle Hotels Ihrer Frau zu zeigen. Das wäre Ihnen doch sicher nicht recht, oder Volker?"

Volker wurde blass und er fühlte sich sofort unwohl.

„Ich rede mit Ihm" versicherte er, bevor er fluchtartig den Strand verließ.

Nun saß er hier in seinem Büro und überlegte, wie er das Problem lösen könnte. Sabine war eine liebe und recht adrette Frau und er liebte sie wirklich aufrichtig. Aber sie war so schrecklich phantasielos. Immer mussten alle Impulse von ihm kommen. Das war manchmal schon recht schwierig für ihn. Auch beim Sex war es so. Auf Dauer war es dann langweilig geworden. Deshalb hatte er auf Empfehlung seines Vorgängers die Damen im „Heaven full Love" ausprobiert. Das Etablissement war sauber und die Ladys ebenso. Auf sein Bitten hin und mit etwas mehr

Zusatzkosten, gingen die Damen mit ihm ins Castle Hotel. Das hatte ihm gut gefallen und es passte bisher immer unauffällig in seinen Zeitplan.

Dass die Carbones ihn bei der Verabschiedung der beiden Damen beobachtet hatten, war ärgerlich. Gab es davon wirklich Fotos? Volker wollte es nicht darauf ankommen lassen. Er konnte aber auch nicht einfach Daniel verbieten, seine Mitarbeiter zu schützen, das wäre außergewöhnlich und würde Diskussionen nach sich ziehen.

Jetzt hatte er auch Daniel dieses Etablissement empfohlen, aus dem die beiden Ladys kamen. Wenn er nun tatsächlich dorthin ginge und die Damen erzählten von Volker, oder noch schlimmer, dass sie sich dort treffen. Volker traf sich ja sehr oft im Castle Hotel mit den Damen, aber auch ab und an im Haven full Love.

Jetzt hatte er sich selbst ein Problem aufgehalst. Daniel und die Miss Carbone wurden ihm gerade sehr unsympathisch.

Nala und Lazarus

Nala räumte das Touristoffice auf und ordnete die Angebotsflyer. Was die Touristen so alles wissen wollten, bis sie einen Tagesausflug buchten. Viel Information über eine Safari, ok, die kostete ja auch richtig Geld. Aber wegen eines kleinen Ausfluges in den Butterflygarden eine Stunde Fragen? Na ja, sie machte es ja gerne, doch jetzt hatte sie Feierabend. Daniel war zweimal dagewesen, aber immer waren Gäste da und sie konnten sich nur anschauen und zuwinken. Sie musste sich beeilen, der Bus kam bald.

An der Zufahrtsschranke wartete Lazarus. Nala sah ihn schon von weitem und hatte Befürchtung, er könne auf sie warten, was dann auch zutraf.

„Jambo Nala, Du siehst heute wieder hinreißend aus" begann Lazarus.

„Danke Lazarus, tut mir leid, ich muss zum Bus, hab keine Zeit" antwortete sie und lief weiter.

Er ging einfach mit.

„Ich habe mir sehr viele Gedanken über Dich und Daniel gemacht" startete Lazarus das Gespräch nochmals. „Es ist nicht gut, dass Du Dich mit ihm einlässt. Das kann Euch nur schaden."

„Bitte Lazarus, ich bin alt genug um zu entscheiden, mit wem ich gerne zusammen bin."

„Er wird Dir nicht geben, was Du erhoffst. Vielleicht wird Er mit Dir zusammenbleiben bis sein Vertrag zu Ende ist und dann wird er gehen und Du hast zwei Jahre Deines Lebens vergeudet."

„Ich vergeude keine Zeit, ich genieße sie."

„Aber Nala, Du weißt genau was ich für Dich empfinde. Ich könnte Dir ein gutes, sicheres Leben bieten. Du hättest es schön bei mir." Lazarus Stimme nahm einen flehenden Ton an.

„Lazarus, wir sind Freunde. Mehr war nicht und mehr wird nicht sein. Ich habe Dich nie angelogen über meine Gefühle. Ich bin froh, einen Freund wie Dich zu haben. Aber mehr als Sympathie kann ich nicht empfinden."

„Denke nicht nur an jetzt, Nala."

„Eine Zukunft mit Dir ist nicht nach meinen Vorstellungen. Ich schließe demnächst mein
150

Abendstudium ab und möchte dann mein erworbenes Wissen anwenden. Würden wir zusammengehen, müssten wir heiraten, so will es Deine Familie, richtig?"

„Ja, so wäre das."

„Und Deine Familie würde es auch nicht erlauben, dass ich arbeiten gehe. Ich würde zu Hause den ganzen Tag Putzen und Kochen und darauf warten, dass Du nach Hause kommst. Und das in Gesellschaft Deiner Großmutter, Deiner Mutter und Deinen Schwestern."

„Du hättest ein behütetes Leben ohne Sorgen."

„Ich möchte das aber nicht. Wie ich schon sagte, wir können Freunde sein und wenn Du möchtest es auch bleiben, aber mehr wird da nie sein, Lazarus. Bitte sieh das ein."

„Ihr bringt Euch beide in Gefahr. Denke an das Hantelregal. Ich glaube nicht, dass dies Zufall war."

„Was hat das mit mir zu tun?" Nala war genervt.

„Na gut, dann muss ich Dir wohl die Wahrheit sagen. Daniel geht wohl öfters zu Miss Clio. Das sieht aber Samuel nicht gerne, weil er ihr Favorit war, bis Daniel aufkreuzte.

Könnte doch möglich sein, dass da was arrangiert wurde. Die Schlange in Miss Clios Appartement. Auch ein Zufall? Jamila hat bei der Schlangenshow geholfen. Daniel war mit Jamila schon mehrmals zusammen. Er ist ein Casanova."

„Nein ist er nicht. Von Jamila weiß ich. Wir sind Freundinnen und tauschen uns aus. Wer von uns beiden gewinnt, wird sich zeigen. Irgendwann wird er sich entscheiden und so lange werben wir um ihn. Miss Clio wird in drei Wochen abreisen, dann hat das auch ein Ende."

„Antony ist sehr enttäuscht von Jamila und sehr sauer auf Daniel. Möglicherweise spricht er nicht, so wie ich, sondern handelt. Ich denke Daniel ist in Gefahr."

Lazarus war am Ende. Er hatte keine Argumente mehr.

„Daniel geht übermorgen auf Safari. Volker hat es erlaubt und ich habe es arrangiert. Da ist er zwei Tage weit weg. Vielleicht beruhigt Ihr Euch ein wenig und danach sieht alles anders aus."

„Wirklich, wohin geht denn die Safari und gehst Du mit?" Lazarus war überrascht.

„Nein ich gehe nicht mit, wie hätte ich das Volker erklären sollen. Daniel macht die Zwei-Tages-Tour in den Amboseli Park."

Kaum hatte sie ausgesprochen, kam auch schon der Bus. Sie verabschiedete sich von Lazarus und der schaute ihr lange nachdenklich nach.

Zur gleichen Zeit trafen sich Timo und Daniel in einer kleinen Bar außerhalb der Hotelanlage. Im Hotel konnten sie nirgends ungestört reden. Als das bestellte Bier am Tisch war, begann Daniel:

„Was wolltest Du mir denn so Wichtiges mitteilen, Timo."

„Mister Daniel …….."

Daniel unterbrach ihn sofort.

„Wenn wir außerhalb vom Hotel sind, bestehe ich darauf, dass Du mich mit Vornamen ansprichst. Das ist so üblich unter Freunden."

Timo wurde noch ein wenig größer, als er schon war. Sein Manager nannte ihn Freund. Das machte ihn stolz.

„Ich wollte Dir sagen, dass Du aufpassen musst. Du bist mit drei Frauen zusammen, das ist gefährlich."

„Wieso ist das gefährlich und woher weißt Du davon?" fragte Daniel und dachte an den Speer.

„Es gibt so viele Mitarbeiter in den Hotels. Jeder sieht etwas. Und wenn es sich dabei um die Manager handelt, wird alles sofort weitererzählt. Das von Euch Europäern, Sabine, Volker und Dir ganz besonders schnell und da die Mitarbeiter bei Lazarus und Antony gut dastehen wollen, erfahren die es als Erste" führte Timo aus. „Miss Clio war Favorit bei Samuel bis Du kamst, Miss Jamila wird von Mister Antony begehrt und Miss Nala ist wahrscheinlich die große Liebe von Mister Lazarus."

Daniel wurde nachdenklich und vereinzelte Puzzleteile fügten sich zusammen.

„Ein Gärtner hat beobachtet, wie Samuel von außen durch das Fenster das Hantelregal mit einem dünnen Ast umgeworfen hat." Timo wirkte sehr besorgt.

„Also hat er die Befestigung absichtlich weggemacht und keinen Zettel an die Tür gehängt" merkte Daniel an. „Was war mit der Schlange in Miss Clios Appartement?"

„Das könnte auch Samuel gewesen sein, oder Jamila, weil sie eifersüchtig ist."

„Nach der Show der Massai im Paradies Resort hat jemand einen Speer nach mir geworfen. Das könnte Antony veranlasst haben" erzählte Daniel und Timo erschrak.

„Du bist in großer Gefahr, mein Freund. Simon, Mikael und ich halten die Augen offen, aber wir kommen nicht aus dem Speisesaal raus. Alle Waiter im Speisesaal kannst Du als Freunde betrachten, Du bist immer freundlich zu Ihnen, auch wenn manch einer manchmal ungeschickt ist. Vielleicht können wir Dich unterstützen." Timo war jetzt etwas aufgeregt.

Sie unterhielten sich noch kurz über Timos Familie und trennten sich dann.

Safari

Das Bamburi Air Field lag ein paar Kilometer landeinwärts. Eine fünfhundert Meter lange Betonpiste diente als Start- und Landebahn. Am Anfang des Runway parkte ein 10-sitziger Airvan von Mandra Aerospace. Zwei flinke Mitarbeiter der African-Flight-Safari beluden das kleine Flugzeug mit den wenigen und kompakt gehaltenen Gepäckstücken der Safaripassagiere. Eine einfache Hütte am Rande des Air Field diente als Terminal. Unter zwei roten Sonnenschirmen fristeten einige angeschmutzte Plastikstühle ihr Dasein. Daniel stand unter dem Vordach der Hütte und trank einen Kaffee. Gerade sah er seinen kleinen Rucksack in der Ladeluke verschwinden. Er hatte sich bei Volker zwei freie Tage für eine Flugsafari in den Amboseli-Nationalpark erbettelt. Nach all den Anstrengungen und Aufregungen der letzten Tage hatte er sich das auch verdient. Nala hatte die Buchung übernommen, für die ein ermäßigter Preis berechnet wurde. Nun stand er hier am Air Field und wartete gespannt mit weiteren zehn Personen auf den Start. Carlson, der Pilot, kam und raunte ihm ins Ohr:

„Beim Einsteigen wartest Du bis zum Schluss" und zwinkerte mit einem Augenlid.

Als das Kommando zu Boarding der Maschine kam, hielt sich Daniel zurück und stieg als letzter ein. Alle zehn Plätze waren besetzt, nur der Sitz ganz vorne rechts war noch frei. Carlson, der links saß, winkte ihm, darauf Platz zu nehmen. Durch das kleine Steuerrad vor sich war es zwar eng bei seiner Größe, aber es gefiel ihm sehr gut hier zu sitzen. Carlson gab ihm einen Kopfhörer, den er auf die Ohren stülpte und schon erklang die Stimme des Piloten in seinem Kopf:

„Schnalle Dich an und dann leg Deine Hände auf die Knie. Fass bitte nichts an, keine Schalter und auch das Steuerrad nicht. Verstanden?"

Daniel schaute nach links und nickte. Carlson seinerseits legte Schalter um, kontrollierte die Instrumente und kommunizierte mit dem Tower des Moi International Airport. Dann startete er den Motor und Daniel war über den Kopfhörer froh, denn auch mit diesem war es sehr laut. Die Tür wurde geschlossen und die Bremsschuhe entfernt. Carlson beschleunigte das kleine Flugzeug. Am Anfang schlingerte es ein wenig hin und her, als ob es einen Weg suchen müsste, aber dann ging es nur noch geradeaus. Kurz vor den Palmen, die das Ende des Runway kennzeichneten, zog Carlson die Maschine hoch und hinter Daniel erscholl ein gemeinschaftliches „Aaah" als der Blick auf die Küste Kenias frei wurde. Es war ein sehr schönes Fluggefühl und noch schöner war, die Passagiere hatten rundum freie Sicht. Jeder hatte einen Fensterplatz mit einem ungehinderten Blick nach unten, denn die Flügel waren am Flugzeug oben angebracht.

In nicht allzu weiter Ferne erkannte man Mombasa mit dem Fort Jesus. Kleine Ansiedlungen, bestehend aus fünf bis zehn Hütten wurden sichtbar und ein recht breiter schlammgefärbter Fluss strömte unter ihnen dem Indischen Ozean entgegen. Vereinzelte Wolken zogen vorbei und schon nach kurzer Zeit wurden erste Tierherden erkennbar. Da die Flughöhe nicht über einhundert Meter betrug, konnte man auch erkennen, dass es sich noch um Rinder handelte. Nach zehn Minuten wandelte sich das Bild. Die Freiflächen wurden größer und die Herden kleiner. Einzelne Elefantenherden waren zu sehen und nicht sehr große Ansammlungen von Rundhütten. Carlson erklärte Daniel, dass dies die Hütten der Massai seien, die ihre Rinder weideten.

Auf der linken Seite erhoben sich Berge, die in der Ferne immer höher wurden. Nach kurzer Flugdauer konnten die Passagiere zwei sehr hohe Gipfel entdecken und als das Flugzeug an deren Flanke entlang flog, erklärte Carlson:

„Der kleinere ist der Kibu und der mit der Schneemütze ist der Kilimandjaro. Leider schmilzt durch die allgemeine Erderwärmung die Kappe immer schneller und Forscher befürchten, dass in ein paar Jahren der Schnee am Kilimandjaro verschwunden sein wird."

Fast unmerklich sank das Flugzeug, bis es in einer Höhe von dreißig Metern über die Steppe flog. Jetzt konnten die Passagiere auch erkennen, um welche Tiere es sich handelte. Gnus und Zebras bildeten eine große Herde. Auch Gazellen waren schon zu erkennen. Eine kleine Elefantenherde strebte einem Wasserloch zu. So abgelenkt, erschraken einige Passagiere, als Carlson zur Landung ansetzte. Das Kilimandjaro Air Field war nicht betoniert, sondern eine holprige Naturpiste mit Buckeln und Löchern. Und Carlson fand sie alle.

Nachdem das kleine Flugzeug zum Stillstand gekommen war, wurde von außen die Tür geöffnet und die aussteigenden Safarigäste wurden sofort in zwei große grüne Jeeps verfrachtet. Das Gepäck kam in einen Anhänger und die Fahrt ging los.

„Willkommen in der Kilimandjaro Buffalo Lodge" begrüßte Burkhard der österreichische Leiter der Lodge wenig später die Safarigäste. Alle waren versammelt auf der Terrasse, von der ein freier Blick auf den Gipfel des Kilimandjaro zu genießen war. Zusammen mit dem Zimmerschlüssel wurde ein Getränk gereicht. In der Nähe staksten einige Marabus durch das Gelände. Daniel mochte diese Vögel nicht. Hatten sie doch ständig diesen „Ich bin besser als Du"-Blick drauf.

Burkhard gab einige Informationen über die Lodge und den Amboseli-Nationalpark. Danach erklärte er die Verhaltensmaßnahmen für den Aufenthalt im Jeep während der Safari. Als zum Ende seiner Erklärungen ein Marabu geräuschvoll durchstartete, meinte er verschmitzt:

„Das war einer mit Motor."

Da Burkhard wusste, dass Daniel in der gleichen Firma arbeitete, nahm er ihn danach kurz beiseite und sie plauschten eine Weile über Arbeitsbelastung und Spaß mit den Gästen.

Mit Staub bedeckt, hungrig und durstig kamen die Safarigäste in den beiden Jeeps am späten Nachmittag zurück. Die naturbelassene Buckelpiste des Amboseli hatte an den Kräften gezehrt. Alle sehnten sich nach einer Dusche. Beim Start am Vormittag waren sie kreuz und quer durch den Park gefahren, um die Tiere zu suchen und zu beobachten. Die ersten Elefanten hatten ihnen dabei schon einen Schrecken eingejagt. Größer und mächtiger als man diese Tiere aus dem Fernsehen oder dem Zoo in Erinnerung hatte, flößten sie gehörigen Respekt ein, als sie direkt neben dem Jeep auftauchten. In Daniels Fahrzeug befand sich ein Elternpaar mit zwei halbwüchsigen Mädchen und einem vierzehnjährigen Jungen. Die Gäste standen auf den abgedeckten Sitzen und schauten aus dem aufgedeckten Dach heraus. Daniel saß auf dem Beifahrersitz und genoss den Ausblick aus dem Fenster. Als ein großer, alter Elefantenbulle ihren Weg kreuzte, bleibt dieser plötzlich direkt vor dem Jeep stehen, hebt den Kopf, wedelt mit den Ohren und trompetet in bester Elefantenmanier mit dem Rüssel. Nach dieser Begrüßung senkt er den Kopf und schiebt die beiden mächtigen Stoßzähne unter die Stoßstange des Jeeps und wippt das ganze Fahrzeug einige Male auf und ab. Damit zufrieden schüttelt er nochmals den riesigen Kopf, wedelt mit den Ohren eine Staubwolke ins

161

Auto und geht seines Weges. Bis zum Lunch sahen sie weitere Elefantenherden, viele Gnus und Zebras, Gazellen, Giraffen, Springböcke und in einem kleinen, mit wenig Wasser gefülltem Tümpel, einige Flusspferde. Aber die Hauptattraktionen waren die Löwen. Eine Löwenfamilie, bestehend aus Löwinnen und Jungtieren mit einem Löwenpapa, störten sie beim Mittagsschlaf.

Nach dem Lunch, bei dem sie von afrikanischen Glanzstaren und Webervögeln umschwärmt wurden, trafen sie auf drei umherstreunende Geparde, die eine Gruppe Antilopen verfolgten. Eines der Kinder hinter Daniel behauptete, einen Tiger gesehen zu haben. Er schmunzelte, aber er sah es nicht als seine Aufgabe, das Kind zu belehren. Chuma, der Safarifahrer, war ständig bemüht den Gästen so viele Tiere wie möglich zu präsentieren, weil er wusste, je begeisterter die Gäste, desto höher das Trinkgeld. Angeregt unterhielt er sich währenddessen auch mit Daniel. Zum Abschluss der Fahrt fanden sie dann einen Zebrakadaver gespickt mit Hyänen und in einiger Entfernung Schakale und Geier, die ebenfalls einen Teil der Mahlzeit wollten. Danach fuhr Chuma zurück zur Lodge.

Nach dem Abkassieren der Trinkgelder verwickelte Chuma Daniel in ein belangloses Gespräch, bis alle anderen Gäste weg waren.

„Wir haben heute leider keine Nashörner gesehen" sagte er zu Daniel „Möchtest Du welche sehen?"

„Ach Chuma, der Tag war sehr anstrengend. Wie weit müssten wir den fahren bis Du welche gefunden hast?"

„Nicht weit" sagte er sehr leise „Wir hatten hier in Kenia keine Breitmaulnashörner mehr. Deshalb haben wir zehn Stück aus Südafrika bekommen. Die müssen wir erst gegen die TseTse-Fliege resistent machen, sonst übertragen diese die Schlafkrankheit auf die Nashörner und sie gehen ein. Dazu haben wir die Tiere in einen Talkessel gebracht und den Ausgang mit einem kleinen Zaun verschlossen. Dort kann man die Tiere kontrollieren und auch sehr gut beobachten. Wenn wir jetzt losfahren, sind wir bei Sonnenuntergang wieder hier."

Daniel war begeistert und stieg wieder in den Jeep. Sofort fuhren sie los und Chuma erklärte ihm viele Dinge, die sie hier sahen. Besonders angetan war Daniel von den großen Schirmakazien. Das Gelände stieg leicht an und wurde dann hügelig. Anstatt über die Erhebungen fuhr Chuma um sie herum und Daniel verlor schnell die Orientierung. Als sie wieder um einen Hügel fuhren, sahen sie gleich ein Gatter, das einfach zwischen zwei Hügeln montiert war. Gerade als sie ankamen, wollte ein Jeep der Kenia Wildlife Foundation mit drei Männer in dunkelgrüner Arbeitskleidung losfahren. Chuma blockierte den Weg und stieg aus. Daniel blieb sitzen und sah seinen Fahrer mit den Männern sprechen. Die schienen von Chumas Idee, was immer er auch vorschlug, nicht so begeistert. Erst als er eine Packung Zigaretten auf die Motorhaube des Jeeps legte, wurden die Jungs freundlicher.

Chuma kam zurück und sagte zu Daniel „Einer der Jungs führt Dich zu den Nashörnern. Wir anderen warten hier."

„Wir laufen?"

„Ja, da darf man mit dem Jeep nicht hineinfahren."

Daniel stieg aus und folgte seinem Führer, während Chuma zu den Wildhütern schlenderte. Um zwei weitere Hügel führte der Weg, als sich plötzlich ein sonnendurchflutetes Tal öffnete. Durchwachsen war dieses

164

Tal mit Inseln aus bis zu sechs Meter hohem Elefantengras. Einzelne niedrige Buschgruppen drapierten sich durch das Tal und an der rechten Seite stand majestätisch eine Schirmakazie. Schon sah Daniel die Nashörner. In Zweier- und Dreiergruppen grasten, nicht weit von ihm entfernt, die Weibchen. Mit 180 Zentimeter Schulterhöhe und einem geschätzten Gewicht von einer Tonne wirkten sie schon sehr imposant. Etwas abseits graste eine Nashornmama mit einem Baby im Schlepptau. Das Kleine war immerhin auch schon achtzig Zentimeter hoch und es sah recht lustig aus, wie es ständig seine Mutter umkreiste. Daniel zog seine Kompaktkamera hervor und schoss einige Bilder, während sein Führer auf die Nashörner zuging. Er folgte ihm und fragte, wie nahe man denn an die Tiere rangehen dürfe. „Du sehen, sie warnen" war die Auskunft. Daniel lief noch ein Stück auf die Dreiergruppe zu und schoss ein Bild nach dem anderen. Auch die Mama mit Baby wurde vielfach abgelichtet. Die Nashörner zogen sich langsam in den Schatten der Büsche zurück, als Daniel Motorengeräusch vernahm. Er hatte das Gefühl, als würde es sich entfernen. Er schaute sich nach seinem Führer um und stellte fest, er war alleine. Erschrocken ließ er die Kamera sinken und versuchte, die Richtung zu erkennen, aus der er gekommen war. Es sah hier alles so gleich aus und die Hügel waren alle

165

gleichhoch. Er wollte schon rufen, doch da fiel ihm ein großer Nashornbulle auf, der gerade hinter einem Gebüsch hervorkam und ihn missfallend beäugte. Langsam lief Daniel rückwärts und der Bulle folgte ihm ebenso langsam.

Am Fuße des nächsten Hügels verhielt Daniel und schaute angstvoll umher. Das Herz klopfte ihm bis zum Halse und er war ratlos. Er ließ alle Vorsicht vergessen und lief schnell den Hügel hoch. Da, links vor ihm sah er das Gatter. Aber es war niemand mehr da. Keine Jeeps, keine Menschen. In einiger Entfernung entdeckte er noch eine leichte Staubwolke, doch das war alles. Sein Herz raste und er musste sich beherrschen nicht loszuschreien. Warum hatte Chuma ihn hierhergebracht? Wegen der Nashörner! Aber das erschien Daniel mittlerweile wie ein Vorwand. Warum dann? Wollte er ihn erschrecken und grinsend gleich hinter dem nächsten Hügel hervorkommen? Die Situation war absurd. Plötzlich vernahm er ein fernes Donnern. Jetzt gab es auch noch ein Gewitter. Daniel sah nach oben, aber keine Wolke zeigte sich am Himmel. Doch Daniel merkte, dass es langsam dunkel wurde und kühler. Wieder hörte er das Donnern. Da fiel ihm ein, dass dies auch das Gebrüll eines hungrigen Löwen sein könnte. Sein Puls war schon am Anschlag. Was sollte er tun, was konnte er tun? Auf dem Hügel stehend schaute er in das Nashorntal hinab und sah nicht weit von ihm den Nashornbullen mit aufmerksam aufgerichteten Ohren zu ihm heraufschauen. Daniel überlegte wie lange sie gefahren waren, könnte er die Strecke zurücklaufen? Nein, er wusste ja nicht mal die Richtung. Außerdem wurde es immer schneller dunkel. Er sah auf seine Uhr, 17:30. In 30 Minuten würde es duster sein. Daniel schaute zur Schirmakazie, die in einhundert Metern Entfernung auf der freien Talsohle stand. Wenn er zum Baum laufen würde und hinaufklettern könnte, wäre er für die Nashörner schon mal unerreichbar. Aber dafür müsste er am Nashornbullen vorbei, der ihn immer noch musterte. Fressen würde er ihn nicht, das wusste Daniel. Doch er konnte ihn aufspießen mit seinem langen Horn, oder einfach tottrampeln. Da bewegte sich der Bulle und trabte in Richtung seiner Weibchen und der Weg zum Baum war frei. Daniel startete sofort durch und sprintete zur Schirmakazie. Das Hinaufklettern war recht einfach. Die vielen Furchen am Stamm nutzte er wie Stufen. Auf einem der dicken unteren Äste setzte er sich und versuchte, sich zu beruhigen. Jetzt erst fiel ihm sein Handy ein. Aufgeregt zog er es aus der Tasche. Wie erwartet, kein Empfang. Wen hätte er auch anrufen wollen?

Es war stockdunkel. Um Daniel herum zirpte und ziepte es. Im Gras raschelte es, über ihm im Baum bewegten sich die Blätter leicht im Wind und gerade war wohl ganz in der Nähe ein Vogel gelandet. Der Himmel war überzogen mit Sternen und der Mond stand als Sichel am unteren Ende des Firmaments. Nur schwach beleuchtete er das Nashorntal.

Daniel hatte Durst, Hunger auch, aber der Durst war größer. Und die Angst. Seit zwei Stunden saß er nun hier oben auf dem Baum. Das Gebrüll des oder der Löwen erscholl in unregelmäßigen Abständen und Daniel hatte das Gefühl, es kommt näher. Er schaute auf sein Handy. Noch 20% Akkuleistung. Er durfte nicht so viel mit der Taschenlampenapp arbeiten. Es nützte ihm nichts, wenn er die Löwen sah. Die sahen ihn mit Sicherheit früher. Warum hatte Chuma das gemacht? Schon mehr als tausendmal hatte er sich das in den vergangenen Stunden gefragt. Keine Ahnung.

Da, da bewegte sich doch was. Sofort aktivierte Daniel die Taschenlampe und leuchtete nach unten. Zwei Schakale schauten zu ihm herauf. Oh Shit, können Löwen klettern? 18% Akku, mach aus, sonst ist gleich Ende. Aber was wollte er denn noch mit dem Telefon. Er schaltete die Lampe aus und es wurde wieder dunkel. Schemenhaft entfernten sich die Schakale und Daniel fragte sich, ob beten etwas nützen würde. Na ja, schaden könnte es ja auch nicht.

Als hinter ihm das Löwengebrüll losging, wäre er vor Schreck fast vom Baum gefallen. Gerade noch konnte er sich an einem kleineren Ast festhalten. Puls jenseits der Schmerzgrenze. Daniel schaute nach unten und sah dem Löwen geradewegs in die Augen. Eine eisige Hand umklammerte sein Herz und Tränen liefen ihm über das Gesicht. Warum? Was habe ich getan? Was habe ich falsch gemacht? Die Gedanken schossen ihm durch den Kopf. Die eine Hand umfasste das Telefon, mit der anderen hielt er sich am Ast fest. Sollte er den Löwen anleuchten mit dem Handy oder fotografieren? Was waren denn das für wirre Gedanken? Todesangst. Wollte er seinen Killer wirklich sehen?

Plötzlich hörte er Gesang. Klar, kurz vor dem Ende wird noch fantasiert. Es war ein melodisches Lied, das da gesungen wurde. Und Feuerschein sah er auch. Und den Löwen sah er. Der schaute sich hektisch um und rannte plötzlich davon. Im Schein zweier Fackeln erschienen stattdessen zwei Massai unter der Schirmakazie. Daniel wurde schwindelig, es wurde ihm übel, er schluchzte und begann zu zittern. Dunkelheit umfing ihn, während er ohnmächtig vom Baum fiel.

Als Daniel wieder zu sich kam, lag er in einer Lehmhütte auf einem Kuhfell. Eine Massai reichte ihm eine Schüssel mit Wasser. Gierig trank er diese auf einmal aus. Dankbar lächelte er die Frau an. Er betrachtete sie näher und sah, sie hatte keine Haare auf dem Kopf und als sie zurücklächelte, sah er, dass sie auch keine Zähne mehr hatte. Aber das war Daniel egal. Aus Dankbarkeit hätte er sie auf der Stelle geheiratet. Er stand auf und verließ hinter ihr die Hütte. In einem weiten Kreis sah er einige dieser Rundhütten und in der Mitte des Kreises brannte ein Feuer. Dort saßen die Männer des Dorfes und aßen Fleisch, das sie mit dem Messer von einem über der Feuerstelle befindlichen Spieß abschnitten. Einer der Massai, die ganz in roten Tüchern gekleidet waren, holte Daniel ans Feuer und schnitt für ihn ein großes Stück vom Spieß. Es war leicht gewürzt, aber welche Sorte Fleisch es war, wusste er nicht, aber es war das köstlichste Essen seines Lebens. Nachdem er gesättigt war, bekam er einen Krug Wasser und man begleitete ihn in eine Hütte, in der er schlafen sollte. Lang ausgestreckt auf einem Kuhfell überlegte

Daniel, mit welcher Folter er Chuma, den Safarifahrer, zu Tode quälen wollte.

Erst am Morgen bemerkte er den Gestank. Für einen Europäer war der Geruch in einem Massaidorf nur schwer erträglich. Aber das war ihm heute Nacht nicht aufgefallen. Die Hütten waren umgeben von einem übermannshohen Zaun aus spitzen dicken Ästen. Gerade verließen die Massaimänner mit ihrer Viehherde das Runddorf. Die Frauen waren ebenfalls in rote Tücher gekleidet, hatten aber auch bunte Tücher um die Schultern gewickelt. Alle trugen sie großen Hals- und Ohrschmuck aus bunten Plastikperlen. Die Ohrläppchen hingen lang fast bis zur Schulter herunter. Die Frauen und die meist nackten Kinder starrten Daniel an und manche lachten ihn auch an. Durchs Tor kam eben ein Wildhüter in seiner dunkelgrünen Uniform in Begleitung eines Massai. Er winkte Daniel herbei und führte ihn nach draußen, wo bereits ein Jeep wartete. Daniel wollte mit dem Massai sprechen, aber der sprach nur Suaheli.

„Bitte bedanke Dich in meinem Namen für die Rettung und die Übernachtung in diesem Dorf" bat Daniel den

Wildhüter und zur Sicherheit fügte er noch ein „Ahsante sana" hinzu.

Der Wildhüter übersetzte und der Massai neigte den Kopf in Richtung Daniel. Dann unterhielten sich die beiden in Suaheli.

„Den Massai fiel auf, dass ein Löwe nahe am Dorf vorbei ging. Anhand seines Gebrülls konnten Sie feststellen, dass er in Richtung Nashorntal ging. Das kam Ihnen sonderbar vor, denn die Löwen meiden normalerweise die Nashörner. Ein Massai kletterte auf eine Hütte um einen Rundblick zu machen, als er kurze und längere Lichtscheine im Nashorntal sah. Sie beschlossen nachzusehen, was da los ist und fanden Dich. Als Du vom Baum fielst nahmen Sie Dich mit ins Dorf" erklärte der Wildhüter.

„Dann hat wohl mein Handy doch einen Nutzen gehabt" sinnierte Daniel, winkte den Massai noch einmal zu und stieg in den Jeep.

Zwanzig Minuten später stand er unter der Dusche in seinem Zimmer in der Kilimandjaro-Buffalo-Lodge.

Das Frühstück nahm er in der Hemingway-Bar ein, mit traumhaftem Blick auf den Kilimandjaro. Die Bar hatte diesen Namen bekommen, da angeblich Ernest Hemingway, der bekannte Schriftsteller, an dieser Stelle sein Buch Schnee am Kilimandjaro geschrieben hatte. Burkhard kam gerade die Stufen herauf und setzte sich zu ihm.

„Kannst Du mir erklären, was passiert ist?" fragte Leiter der Lodge und Daniel erzählte es ihm.

„Das ist ja unfassbar. Chuma ist einer der besten und zuverlässigsten Safarifahrer. Heute Morgen fanden wir aber seinen Jeep hinter dem Haupthaus und er ist nicht zum Dienst erschienen. Dafür habe ich keine Erklärung."

„Ich glaube nicht, dass er sich nur einen Spaß machen wollte, dafür war die Sache zu ernst. Aber aus welchem Grund hat er mich dort ausgesetzt?" überlegte Daniel.

„Keine Ahnung, es tut mir jedenfalls schrecklich leid. Wir haben Dich beim Abendessen vermisst, aber niemand wusste etwas über Deinen Verbleib, bis Dich die Wildhüter abgeliefert haben. Wir wussten nicht mal wo wir suchen sollten. Und Chuma konnten wir nicht fragen, da er nach

Hause gefahren war. Ob er jemals wieder kommt, wage ich zu bezweifeln."

„Wenn er kommt, frage ihn und schicke mir eine Mail an die Küste. Es wäre schön, wenn ich den Grund erfahren könnte."

„Du kannst ja auch mal seinen Bruder fragen, der arbeitet doch auch in Deinem Hotel" bemerkte Burkhard.

„Wie bitte?" staunte Daniel „Wer ist der Bruder?"

„Das ist der Manager vom Paradies, Lazarus Watonge."

Daniel wurde blass. Was sagte Burkhard da? Chuma der ihn ausgesetzt hatte, der Bruder von Lazarus? Gab es da einen Zusammenhang?

Oh mein Gott, ja!! Nala??!!

Sabine

Daniel verließ den Bus, der die Safarigäste vom Bamburi Air Field abgeholt hatte. An der Rezeption des Shanzu Resort begrüßte ihn Jamila mit einem strahlenden Lächeln. Zeit für ein Gespräch war leider nicht. Als er den Durchgang zum Touristoffice passierte, stand er mit einem großen Schritt vor Nalas Schreibtisch, die sich gerade angeregt mit Lazarus unterhielt.

Mitten im Satz brach Lazarus ab und schaute Daniel erwartungsvoll an. Nala begrüßte Daniel überschwänglich und wollte auch gleich seine Safaribeurteilung hören.

„Es war sehr schön. Die Lodge ist toll. Der Park mit den vielen unterschiedlichen Tieren ist einmalig schön. Es waren zwei aufregende Tage" berichtete Daniel.

Lazarus stand mit verkniffenem Mund und starrem, auf Daniel gerichteten Blick dabei.

„Warst Du schon mal im Amboseli, Lazarus?" fragte dieser.

„Ja, ja, natürlich" stotterte der Angesprochene.

„Jetzt ist der Park sehr interessant, durch die Nashörner. Frag nach dem Safarifahrer Chuma, der fährt Dich bestimmt dahin."

Nala fiel auf, dass Lazarus eine sehr gespannte Haltung hatte und nicht wirklich so redselig war wie gewohnt. Daniel dagegen schien bester Laune.

Lazarus verabschiedete sich von den beiden und ließ sie alleine.

„Lazarus schien sehr erschrocken als er Dich gesehen hat" kommentierte Nala.

„Ja, ist mir auch aufgefallen" erwiderte Daniel. „Wann können wir denn wieder einen freien Tag gemeinsam genießen. Mir wäre so nach Baden im Indischen Ozean."

„Ich schau auf unseren Dienstplan, wird sich hoffentlich bald eine Gelegenheit finden."

„Ja, Du könntest mir noch einiges zeigen" hoffte Daniel „als Königin der Löwen."

„Ja" stimmte Nala ihm bei „Zähne und Krallen."

Verschmitzt blinzelte sie ihm zu und er hätte sie am liebsten auf der Stelle geküsst.

Später beim Dinner saßen sie am Managertisch im Shanzu Resort. Sabine war wieder sehr unterhaltsam und wollte natürlich von Daniel einen Bericht über seine Safari hören. Der berichtete gerne und beobachtete dabei möglichst unauffällig Lazarus und Antony. Die Nashorntour mit anschließender Nacht bei den Massai verschwieg er. Er stellte alles sehr positiv dar. Doch dann wollte er provozieren.

„Wir waren auch in einem Massaidorf und die Murani, die jungen Krieger, zeigten uns wie geschickt und zielsicher sie mit Ihren Speeren umgehen können. Kein Wurf verfehlte das Ziel" log Daniel und schaute Antony direkt ins Gesicht.

Auf Antonys Stirn stand der Schweiß und seine Unterlippe zitterte. Da Daniel Antony immer noch anschaute, bemerkten es die Anderen am Tisch ebenso und sahen ihn aufmerksam an.

„Was schaut ihr mich so an? Mir geht es nicht so gut. Könnte eine beginnende Malaria sein. Ich gehe jetzt" stieß Antony gepresst hervor.

„Du hast Dienst bis 22 Uhr und Deine Vertretung bei Krankheit wäre Daniel. Also frage Ihn zuerst, ob er das für Dich übernimmt" Volker hatte die Spannung zwischen den Managern bemerkt und war auf die Reaktion gespannt.

Antony atmete tief ein, stand auf und stürmte ans Nachtischbuffet.

Nach dem Dinner kontrollierte Daniel den Speisesaal im Coral-Palm Resort. Er sprach mit Gästen, die neu angekommen waren, und lobte im Vorbeigehen so manchen Waiter. Alphonse beobachtete das sehr misstrauisch.

Sabine war sehr unzufrieden mit ihrer momentanen Situation. Zwar hatte sie ihre Arbeit, das Abrechnen der Gästequittungen und Erstellen der Abschlussrechnungen absolut sicher im Griff, aber ihr Privatleben war recht monoton und ohne jede Abwechslung. Sie hatte nicht mehr das spannende Gefühl in Gegenwart von Volker und von ihm erfuhr sie immer seltener Aufmerksamkeit. Auch ihr Liebesleben dümpelte in langweiliger Eintönigkeit daher. Sie wusste von ihrer Phantasielosigkeit, aber wie es ändern, das war ihr nicht klar. Bei einer eher zufälligen Begegnung mit Jamila hatte sie ihr Leid geklagt. Sie wollte Volker nicht bloßstellen, aber sie brauchte einen Rat. Jamila hatte einfach nur zugehört und ihr dann einige Vorschläge gemacht.

Heute Abend hatte sie sich zum Dinner dezent geschminkt. Lidschatten in nicht zu auffälliger Farbe, aber doch sichtbar, etwas Rouge und Lippenstift und die Finger- und Fußnägel lackiert. Ein leichtes Sommerkleid mit kleinen Ausschnitten hinten und vorne, darunter einen schwarzen Büstenhalter mit Spitze, der auch schon mal vorblitzen durfte und hochhackige Pumps. Sie war zufrieden mit sich und als sie noch schnell zu Jamila huschte, zeigte die ihr den erhobenen Daumen.

Aber nur Daniel hatte etwas gesagt. Während sie sich begrüßten, meinte er:

„Du siehst heute Abend bezaubernd aus."

Entweder hatten die Anderen, einschließlich Volker nichts bemerkt, oder wollten nichts dazu sagen.

Sabine liebte ihren Volker. Er war schon immer ein gutaussehender, gepflegter Mann mit guten Manieren. Auch seine Komplimente waren sehr einfallsreich und sie waren sich schnell einig, dass sie zusammengehören. Zu Gunsten ihrer Reiseleidenschaft und ihrem Interesse an fremden Ländern hatten sie bisher auf Kinder verzichtet. Seit vielen Jahren tingelten sie durch die Welt. Meist mit Dreijahresverträgen ausgestattet war Volker der Manager und Sabine die Buchhaltungsfachkraft. Manchmal wechselten sie den Auftraggeber, aber den Aufgabenbereich nicht. Volker war ein guter Mann, doch jetzt, beide Ende 30, ließ seine Aufmerksamkeit ihr gegenüber merklich nach. Sabine wollte das so nicht hinnehmen, also hatte sie bei Jamila Rat gesucht.

Sie hatten es sich nach dem Dinner auf der Terrasse ihrer Penthousewohnung gemütlich gemacht. Bei einem Glas Weißwein konnten sie eine heimelige Atmosphäre erschaffen und plauderten und lachten, so dass es ein sehr entspannter Abend war.

Sabine nutzte eine Gesprächspause und entschuldigte sich für ein paar Minuten. Im Schlafzimmer zog sie ihr Kleid und die Unterwäsche aus. Aus einer selten benutzten Schublade zog sie einen winzigen Slip und ein durchsichtiges Negligé heraus. Vor einiger Zeit hatte sie es gekauft, aber sich nicht getraut, es anzuziehen. Sie betrachtete sich im Spiegel. Der Slip war fast nicht sichtbar, so klein war er und enthüllte den blonden Schambereich gänzlich. Als sie das Negligé anzog, kamen ihr Zweifel. Aber sie wollte das jetzt machen. Ihre apfelgroßen Brüste schimmerten verführerisch unter der dünnen schwarzen Stoffschicht, die nichts verhüllte. Nur der Slip gefiel ihr nicht. Kurz entschlossen zog sie ihn wieder aus.

Mit klopfendem Herzen und fast nackt betrat sie die Terrasse. Volker stand am Geländer und schaute in den Garten. Da er ihr den Rücken zudrehte, nutzte sie die Gelegenheit und legte sich in verführerischer Pose auf die Hollywoodschaukel. Sie achtete darauf, leicht die Oberschenkel zu öffnen und das Negligé zur Seite zu schieben, so dass nichts den Blick auf ihren Schambereich verhinderte.

Volker hatte Sabines Kommen bemerkt. Jetzt lag sie verführerisch auf der Schaukel und schaute ihn erwartungsvoll an.

„Möchtest Du noch ein Glas Wein, meine liebe?" Volker sah staunend auf das, was ihm da dargeboten wurde. Mit zwei Gläser in der Hand ging er zur Schaukel und sie prosteten sich zu. Er setzte sich neben Sabine und begann ihre Wade zu streicheln. Als keine weitere Reaktion von Volker kam, stand Sie auf und setzte sich auf seinen Schoß, legte ihre Arme in seinen Nacken und zog seinen Kopf zu ihrer Brust. So verharrten sie einige Augenblicke, bis Sabine Volkers Kopf anhob und in seine Augen sah.

Volker war mit seinen Gedanken ganz woanders.

Eine riesige Enttäuschung entwickelte sich in ihr, sie löste ihre Hände von seinem Nacken, stand auf und ging ins Schlafzimmer. Dort warf sie das Negligé in eine Ecke und zog einen Stoffbademantel an. Auf dem Balkon setzte sie sich in einen Sessel und widmete sich ihrem Weinglas. Als minutenlanges Schweigen nicht enden wollte, nahm sie ihren ganzen Mut zusammen und begann ein Gespräch:

„Was machst Du eigentlich im Castle Hotel?" fragte Sabine.

Volker erbleichte sichtbar und nahm sofort Abwehrhaltung ein.

„Wie soll ich denn diese Frage verstehen?" ereiferte er sich vehement.

„Die Miss Carbone erzählte mir, dass Sie Dich dort getroffen haben."

„Ach ja, ich war mit Phillip dem Leiter der Verwaltungsstelle dort. Einen Espresso trinken. Den haben sie in der Verwaltung nicht." Volker fühlte sich sehr unangenehm.

„Wirklich? Phillip erzählte mir neulich, dass er dorthin niemals gehen würde. Wegen der vielen Prostituierten die dort mit ihren Freiern verkehren." Sabine war verwundert.

„Wir waren auch nur ganz kurz dort." Volker schwitzte an diesem kühlen Abend.

„Was hast Du denn mit der Carbone zu tun?" fragte Volker nun seinerseits.

„Es gab eine Frage wegen einer Barabrechnung. Da habe ich Sie aufgesucht und wir haben uns sehr nett unterhalten." Sabine schaute ihren Mann aufmerksam an. Etwas seltsam war seine Reaktion schon.

„Was hat Sie denn sonst noch erzählt?" Volker war ein wenig ungehalten.

„Na ja, was man sich so erzählt, unter Frauen." Sabine schaute ihm nun tief in die Augen und Volker wurde immer unsicherer.

„Was ist Dir denn so unangenehm, dass die Miss Carbone mir das erzählt hat?" wollte Sabine noch wissen.

„Da ist gar nichts Unangenehmes dran. Ich habe jetzt keine Lust mehr auf Unterhaltung. Ich gehe zu Bett."

Volker trank sein Glas auf einmal leer, stand auf und verließ die Terrasse. Sabine blieb ratlos zurück und wurde sehr nachdenklich.

Im Badezimmer stand Volker unter der Dusche und suchte verzweifelt eine Ausrede oder eine Lösung für ein Problem zu finden, dass er sich selbst eingebrockt hatte. Er dachte darüber nach, wie lange die Carbones noch

184

hierbleiben würden, aber da musste er Anna, die Rezeptionistin des Coral-Palm Resort fragen und das möglichst unauffällig. Zornig schlug er gegen die Wand.

Am Love Beach

Sie waren wieder am Strand. Love Beach hatten sie dieses Stückchen Paradies genannt. Nach einem ausgiebigen Bad im warmen Wasser des Indischen Ozeans schlenderten sie Hand in Hand den Strand hinauf, nackt wie Gott sie geschaffen hatte. An der Hütte nahm Daniel einen Eimer und schöpfte Wasser aus der Regensammeltonne. Mit viel Gefühl übergoss er Nala, die sich dabei das Salz des Ozeans von der Haut streifte. Nachdem auch Daniel salzfrei war, begannen sie sich gegenseitig trocken zu tupfen. Daniel streichelte dabei jeden Zentimeter von Nalas Körper und sie genoss seine Liebkosung. Als er an der Reihe war und Nala nur ihre Hand auf seinen Bauch legte, war es um die Beherrschung der beiden geschehen. Daniel nahm sie auf seine starken Arme und trug sie zur Sonnenliege. Noch während er sie sanft ablegte, zog sie mit beiden Händen seinen Kopf zu ihren herrlichen Brüsten. Was als Liebkosung begann, endete in einem furiosen Liebesspiel.

Jetzt lagen sie nebeneinander auf der Liege, erschöpft aber glücklich. Sie hatten sich nicht die Mühe gemacht irgendetwas anzuziehen. Daniel hatte einen roten kurzen

Lendenschurz über seinen Schambereich gelegt. Den Schurz hatte Nala ihm mitgebracht. So fühlte er sich wohl. Sie hatte sich zum Schutz vor der Mittagssonne ein Wickeltuch einfach über den Körper gelegt.

Nala schien eingeschlafen. Daniel betrachtete ihren fast unverhüllten Body. Viele schöne Stunden hatten sie nun schon miteinander verbracht und Daniel war nun klar, dass er sich in Nala verliebt hatte. Nicht nur wegen ihrer hinreißenden Figur.

Als ihm ihr Mittagsschlaf zu lange dauerte, zog er ganz sanft das Wickeltuch von ihr. Dann begann er erneut ihre prächtigen Brüste mit Zunge und Zähnen zu massieren. Die Hände brauchte er für andere Stellen ihres Körpers, den er nun nach und nach ertastete. Darauf hatte Nala nur gewartet. Sie öffnete ihre wunderbaren Augen, nahm sein Gesicht in ihre Hände und tauchte ihren Blick in seinen. Ihre vollen Lippen pressten sich auf seine, bis ihre gemeinsame Wollust voll entflammte.

Später saßen sie auf der Sonnenliege und fütterten sich gegenseitig mit dem mitgebrachten Obst. Tee und Mineralwasser hatten sie in einem kleinen Rinnsal, das am

187

Fuße der Felsen zum Meer floss zur Kühlung abgestellt. Davon hatte Daniel gerade etwas geholt.

„Was für eine Schule besuchst Du denn am Abend?" fragte er. Ihm war aufgefallen, dass er nicht sehr viel über Nala wusste.

„Das ist keine Schule. Einige Studenten des Fernlehrinstitut treffen sich mit einem Tutor, um knifflige Fragen und Probleme des Unterrichtsstoffes gemeinsam zu lösen. Ziel des gesamten Lehrganges ist die Prüfung zur Verwaltungsfachkraft. Wenn ich damit fertig bin, kann ich auch als Hotelmanager arbeiten."

„Glaubst Du denn, dass Du die gleichen Chancen haben wirst, wie männliche Bewerber?" fragte Daniel.

„Es ist uns von der Regierung zugesichert, dass bei gleicher Eignung, der weibliche Bewerber nicht benachteiligt werden darf. Darauf hoffe ich" erklärte Nala. Und lachend fügt sie hinzu: „Möglicherweise habe ich mit einem offenen Blusenknopf doch zwei Argumente mehr als die Herren."

„Bei mir bist Du auch hochgeschlossen erste Wahl"
lachte Daniel.

Lucina und Daniel

Pünktlich zur Teatime um 15 Uhr waren sie da. Wenn die Waiter an der Poolbar ein ansprechendes Buffet mit Kaffee, Tee, Kuchen und Gebäck angerichtet hatten, kamen oft die Grünen Meerkatzen. Die kleine, knapp 60 Zentimeter hohe possierliche Affenart streunte gerne in großen Familienverbänden durch die Hotelanlagen der Küstenregion. Sie sind tagaktiv und fressen alles, was sie finden können. Kommen sie zur Teatime, sind die Touristen begeistert, besonders von den Jungtieren. Wenn die Affen dann an die Tische gehen, werden sie gefüttert. Im Besonderen die Kinder haben ihren Spaß. Meist entfernen sich die Meerkatzen nach kurzer Zeit freiwillig, wenn sie das Kuchenbuffet geplündert hatten und bei den Gästen nichts mehr auf den Tellern war. So manche Zuckerdose wird dann mitgenommen und die Gärtner finden diese später im Gebüsch. Bekommen die Meerkatzen aber nicht genug oder ein Gast will sie necken, können sie auch ganz fürchterlich rabiat werden und zeigen ihre eindrucksvollen Zähne. Spätestens dann wird den Gästen klar, warum die Manager bei der Karibuni Feier, der Welcome Party, vor diesen kleinen Kerlchen warnen. Einzig die Waiter können sich Respekt verschaffen und verjagen dann die Tiere, wenn sie gar zu aufdringlich werden.

Heute hatte es sich Lucina Carbone zum Ziel gesetzt, das komplette Kuchenbuffet an die Grünen Meerkatzen zu verfüttern. Als die ersten Affen mit ihren niedlich aussehenden Kleinen kamen, lockte sie diese an ihren Tisch. Einen riesigen Teller voll Kuchen wanderte zu den Meerkatzen. Lucina wollte Nachschub am Buffet holen, da sprach sie der Waiter an:

„Bitte Madame, es haben noch nicht alle Gäste Kuchen für sich selbst geholt. Das Füttern der Affen sollte auch unterlassen werden" bat der junge Mann.

„Du blöder, schwarzer Affe. Wenn der Kuchen alle ist, dann hole frischen in der Küche. Oder bist Du zu blöd dazu?" keifte Lucina.

Der junge Kenianer war sehr betroffen und eingeschüchtert. Statt in die Küche lief er zu Alphonse in den Speisesaal und berichtete ihm den Vorfall.

Die Manager der drei Hotels saßen im Büro zusammen. Irgendjemand in der Buchungsabteilung hatte bei der

Gasteinteilung Durcheinander verursacht. Nun hatte das Shanzu Resort mehr Gäste auf der Liste als es fassen konnte, dafür hatten die beiden anderen Resorts zu wenige. Die Manager suchten eine Lösung, als Alphonse in den Raum trat und von Lucina berichtete.

Daniels Puls war recht schnell auf zweihundert. Er erhob sich und sagte:

„Diese Schnepfe fliegt jetzt raus. Das müssen sich unsere Mitarbeiter nicht gefallen lassen."

Als Daniel an der Poolbar ankam, hatte Lucina gerade den letzten Kuchen verteilt und die Grünen Meerkatzen waren bereits beim Abwandern.

„Sie haben zum wiederholten Male einen unserer Mitarbeiter beleidigt und sich rücksichtslos gegenüber unseren anderen Gästen verhalten. Ich fordere Sie auf, das Hotel zu verlassen. Morgen früh nach dem Frühstück komme ich mit vier Porter Ihr Gepäck abholen und wir werden es draußen vor die Schranke stellen. Sie beide lasse ich auch gerne raustragen, wenn Sie nicht freiwillig gehen" fuhr Daniel die Carbones an.

„Jungchen, dafür hast Du doch gar keine Befugnis. Außerdem fehlen Dir dazu die Eier in der Hose" grinste Lucina Daniel an.

„Sie werden es sehen, morgen werden Sie das Hotel verlassen. Sie können gehen oder sich tragen lassen. Egal, aber morgen fliegen sie raus aus diesem Hotel." Daniel war in Rage.

„Hör auf Bubi, sonst mach ich mir vor Lachen in die Hose" lästerte Lucina und Matteo grinste Daniel an.

„Packen Sie heute Abend ihre Koffer, sonst werden wir das morgen für Sie tun. Ihre Rechnung wird heute Nacht noch erstellt."

Daniel wandte sich ab, er konnte die zynische Fratze von Lucina nicht mehr sehen. Die anderen anwesenden Gäste begannen zu klatschen.

Die drei Manager und Alphonse erwarteten Daniel vor dem Besprechungsraum, mittlerweile war noch Samuel dazu gestoßen.

„Du musst nichts sagen, wir haben alles gehört" meinte Volker.

„Ich könnte die Alte umbringen" stieß Daniel hervor, bevor er sich langsam beruhigte.

Stunden später war Lucina tot.

Komplotte

Clio hatte es sich auf der Sonnenliege bequem gemacht, als es an ihrer Tür klopfte. Ihr herrlicher nackter Körper glänzte in der Sonne und ihre Brüste wippten, während sie sich aufrichtete. Der Roomservice war doch schon durch. Wer konnte das sonst sein? Daniel, dachte sie freudig? Sie umwickelte sich mit einem durchsichtigen Zebratuch, das mehr zeigte, als es verdeckte. Sie öffnete die Tür und war enttäuscht. Samuel stand davor.

Samuel bekam einen trockenen Mund bei Clios Anblick. Seit Daniels Ankunft hatte er Clio so nicht mehr sehen dürfen.

„Was gibt es, Samuel?" Clios Stimme klang ein wenig unfreundlich.

„Bitte Miss Clio, ich muss mit Dir sprechen. Lass mich schnell in Dein Zimmer, es muss niemand sehen, dass ich bei Dir bin" stammelte Samuel und schaute auf Clios kaum verhüllten Körper.

„Um was geht es denn?" Clio klang nun ärgerlich.

„Es geht um Mister Daniel" drängte Samuel, Clio ließ ihn eintreten und schloss hinter ihm die Tür.

Auf dem Weg zum Balkon fiel ihr durchsichtiges Tuch einfach zu Boden.

„Was ist denn so wichtig?" fragte Clio und drehte sich zu Samuel um, dem es bei ihrem Anblick den Atem raubte.

Wie hypnotisiert starrte er auf die beiden wohlgeformten Brüste und das mit dunklen Haaren bewachsene Dreieck unter ihrem Nabel.

Ohne Eile nahm Clio von einem Stapel ein frisches, nicht durchsichtiges Wickeltuch und umschlang ihren Körper damit. Langsam beruhigte sich Samuel.

„Es gab wieder einen Zwischenfall mit Miss Carbone" und er erzählte die Story und von Daniels Ausspruch.

„Miss Clio, Mister Daniel hat mir Dich weggenommen. Ich bin sehr böse auf Ihn. Mit Dir hat er nur kurz gespielt und ist dann zu Nala gegangen. Er hat Dich enttäuscht und einfach nicht mehr beachtet." Samuel war erregt, das hatte zweierlei Grund. Wusste er doch um die Nacktheit von Clio unter diesem dünnen Tuch und die Tatsache, dass diese

Verbindung durch Mister Daniel auseinandergerissen wurde. No Sex, no Tipp, nichts mehr. Das machte ihn wütend.

„Warum erzählst Du mir das und was möchtest Du von mir?" fragte Clio, lüftete kurz ihr Tuch, um es gleich wieder zu binden.

„Wenn wir zusammen etwas gegen die Miss Carbone machen würden, dann glaubt doch jetzt jeder, dass es Mister Daniel war."

„Und was sollen wir machen?" fragte Clio ungläubig.

„Wir könnten Ihr auf den Kopf schlagen, nicht zu fest, aber so, dass sie ohnmächtig wird. Dann legen wir sie in den Pool. Aber so, dass sie nicht ertrinkt. Wenn sie wieder aufwacht, gibt es ein Riesentheater und Mister Daniel wird verdächtigt. Dann kommt bestimmt die Polizei und Miss und Mister Carbone werden mit Sicherheit darauf bestehen, dass Mister Daniel aus dem Hotel fliegt." Samuel wollte überzeugend wirken, konnte sich aber nicht vom Anblick, der fast gänzlich entblößten Oberschenkel Clios losreißen.

Clio schüttelte den braunen Lockenkopf und lachte. „Wenn Du das machen willst, dann tue es. Wozu brauchst Du dabei meine Hilfe?"

„Du musst schauen, dass niemand kommt. Miss Carbone wird, wie immer, am Abend im Shanzu Resort Bingo spielen. Meistens geht Sie vor Mister Carbone zu Ihrer Suite. Dabei muss Sie am kleinen Pool vorbei gehen. Das können wir dann nutzen. Ich schlage Ihr auf den Kopf und Du schaust, dass uns niemand beobachtet."

„Und wenn Sie mit Ihrem Mann kommt?"

„Dann nehmen wir uns an der Hand und gehen zum Strand runter. Dann können wir es nicht tun." Eine leichte Enttäuschung hatte sich in Samuels Stimme geschlichen.

Clio lief einige Schritte auf dem Balkon umher und legte sich dann auf die Sonnenliege. Dass dabei Ihr Wickeltuch weit auseinanderklaffte, nahm sie lächelnd in Kauf und beobachtete, wie Samuel immer nervöser wurde.

„Wenn Du zu hart zuschlägst, dann wird Sie vielleicht schwer verletzt oder Sie stirbt an den Folgen. Schlägst Du zu leicht zu, hat Sie nur eine Beule, aber erkennt Dich und dann hast Du ein großes Problem" überlegt Clio.

„Ich schlage richtig zu. Wenn Sie stirbt hat Mister Daniel das große Problem" widersprach Samuel.

„Die Miss ist schwer, schaffst Du es, Sie in den Pool zu legen?" fragte Clio.

„Ja, das schaffe ich" versichert Samuel. Gut gebaut war er ja und Kraft hatte er auch, nur mit dem Denken hatte er Probleme.

„Sicher wird der ganze Vorfall untersucht. Wenn dann mehrere Ursachen zusammenkommen, kann das für die Polizei verwirrend sein. Je länger die Untersuchung der Tat dauert, je länger sitzt Daniel im Gefängnis" führt Clio aus und denkt sich dabei, dass sie dann wahrscheinlich schon wieder in Deutschland ist.

Samuel ist begeistert. „Ja, so machen wir das. Wann treffen wir uns?"

„Komme nach dem Dinner zur Aussichtsplattform, die liegt dem kleinen Pool sehr nahe und dort ist es am Abend sehr dunkel" ordnet Clio an und Samuel nickt.

„Ich habe jetzt noch ein bisschen Zeit bis zur Aquagymnastik, ich könnte Dir den Rücken eincremen." Samuel schaute Clio hoffnungsvoll an.

„Danke, das ist sehr nett von Dir." Sie öffnete das Wickeltuch und klappte es auseinander. Langsam und ein wenig umständlich drehte sich Clio auf der Sonnenliege um und legte sich auf den Bauch. Samuel war begeistert von dem Anblick, der sich ihm bot, und fing sofort an Clios Rücken und alles andere sorgfältig mit Sonnenmilch einzucremen.

Antony war seit über vier Jahren Manager des Shanzu Resort. Seine Aufgabe machte ihm sehr viel Spaß. Die Zusammenarbeit mit Volker und Lazarus war stressfrei und sie hatten sich immer gut verstanden. Auch als Tony, der Manager des Coral-Palm Resort ausgestiegen war, fühlte sich Antony nicht überfordert und teilte sich das Management mit Lazarus, wobei dieser den Hauptanteil der Arbeit übernommen hatte. Er verstand nicht, warum die Verwaltung in Mombasa unbedingt einen neuen Manager für das Coral-Palm Resort haben wollte. Antonys Welt war in Ordnung. Er wohnte in Bombolulu, wo die meisten Mitarbeiter des Managements und der

Buchhaltung der Hotels vom Shanzu Beach wohnten. Er konnte seine Wohnung problemlos bezahlen und sparte noch für eine Familie. Die hätte er gerne mit Jamila gegründet. Als sie ins Shanzu Beach kam, hatte er sich sofort in sie verliebt. Für diese Frau würde er alles tun. Sie war seine große heimliche Liebe. Antony konnte leider nicht besonders gut flirten und er hatte eine lange Zeit gebraucht, um sie anzusprechen. Doch sie kamen sich näher. Jamila ging mit ihm zum Essen aus und auf manche Veranstaltung und Party hatte sie ihn schon begleitet. Lazarus hatte sie auch ausgeführt, aber das war wohl nur so sporadisch, glaubte er. Dann kam Daniel und alles wurde anders. Jamila behandelte Antony weiterhin freundlich und freute sich offensichtlich über jedes Gespräch, wenn er sie an der Rezeption besuchte. Aber sie ging nun mit Daniel aus. Und von einem Askari wusste Antony, dass Jamila den neuen Manager auch mal um Mitternacht ins Hotel gebracht hatte. Waren sie sich schon näher oder ganz nah gekommen? Er verfluchte Daniel dafür, dass Jamila nicht mehr mit ihm ausging. Eine gemeinsame Zukunft hatte er mit ihr geplant. Jetzt schien es so, als ob daraus nichts werden würde, solange Daniel da war. Und bis dessen Vertrag zu Ende ging, wollte Antony nicht warten.

„Lazarus ich möchte mit Dir etwas besprechen" begann Antony das Gespräch.

Sie saßen im Managerbüro des Paradies Resort und Lazarus war über den Besuch verwundert. So etwas kam sehr selten vor.

„Was kann ich für Dich tun Antony?"

„Kannst Du mir helfen den Daniel raus zu werfen?"

„Warum möchtest Du Ihn rauswerfen und was habe ich damit zu tun?" wunderte sich Lazarus immer mehr.

„Es ist wegen Jamila. Sie waren ein paarmal miteinander aus und sind sich wohl auch sehr nahegekommen. Bevor Daniel hierherkam, ist Sie mit mir ausgegangen. Zwar war das nur Freundschaft, aber ich hatte Hoffnung, dass es mehr werden könnte. Jetzt geht Jamila nicht mehr mit mir aus. Ich habe Sie schon öfters eingeladen, aber Sie hat nie Zeit für mich."

„Und was möchtest Du nun tun?" fragte Lazarus.

„Nun, ich dachte, wenn wir die Miss Carbone verunglücken lassen, dann ist Daniel verdächtig, weil er ja

gerade eben gesagt hat, dass er Sie umbringen könne"
erklärte er.

„Oh Mann Antony, das war doch nicht ernst gemeint.
So etwas hast Du sicher auch schon mal gesagt, wenn Du
auf jemand wütend warst."

„Ja sicher. Aber wenn der Miss Carbone heute etwas
passiert, dann steht er unter Verdacht."

Lazarus schüttelte nur unverständig den Kopf. „Wie
hast Du Dir das denn vorgestellt?"

„Heute Abend ist Bingo im Shanzu. Da macht die Miss
immer mit, seit Sie da ist. Meistens geht Sie dann aber sofort
nach dem Ende von Bingo in Ihre Suite, während Mister
Carbone noch einige Drinks an der Bar nimmt. Auf dem
Weg zu der Suite kommt Sie an der schmalen Stelle hinter
dem kleinen Coral-Palm Pool vorbei. Da kann man sich gut
verstecken um Sie dann über die Klippen zu schubsen."

„Bist Du verrückt. Dabei wird Sie sicher verletzt. Das
sind mindestens 8 Meter und der Strand ist hart."

„Ja ich weiß, aber dann denkt doch jeder, dass es Daniel
war! Das gibt Ärger und der Mister Carbone verlangt dann

sicher, dass Daniel aus dem Hotel entlassen wird." Antonys Stimme nimmt einen flehenden Klang an.

„Aber wenn Sie unglücklich aufkommt, dann ist Sie vielleicht tot. Was dann?" fragt Lazarus.

„Dann kommt Daniel ins Gefängnis. Und als Europäer hat Er nicht viele Chancen in einem kenianischen Gefängnis. Bis seine Unschuld bewiesen ist, ist er auch tot." Antony wirkte entschlossen.

Lazarus war sprachlos. Minutenlanges Schweigen breitet sich aus.

„Es wäre auch gut für Dich und Nala" bemerkt Antony.

„Ich werde doch keinen Menschen verletzen oder töten, dass ein anderer dafür weggejagt oder eingesperrt wird. So will und kann ich keine Frau für mich gewinnen." Lazarus wurde langsam böse.

„Du solltest jetzt besser gehen, Antony. So etwas mache ich nicht."

„Ok, wenn Du nicht mitmachen willst, kannst Du das Bingo heute Abend übernehmen?" bittet Antony.

„Gut, ich mache das. Aber mehr nicht. Und für alles was passiert, bist Du alleine verantwortlich. Wenn Du gesehen wirst, oder man kann Dir irgendetwas nachweisen, bist Du derjenige der rausfliegt oder ins Gefängnis wandert." Lazarus schüttelte immer noch verwundert den Kopf, als Antony schon lange draußen war.

Clio war in Gedanken versunken. Daniel hatte sich tatsächlich zurückgezogen. Da stimmte sie Samuel zu. Er war immer noch sehr freundlich und machte ihr auch weiterhin Komplimente, aber zu mehr als Küssen war er nicht bereit. Clio war eine erfahrene Frau und ahnte, dass sie Daniel an Jamila oder Nala verloren hatte. Dieser Ausspruch könnte eine Gelegenheit bieten, die Carbone loszuwerden. Aber Clio traute dies Samuel nicht zu, der vermasselte solch eine wichtige Sache bestimmt. Sie zog einen Bikini an, umwickelte sich mit einem Tuch und verließ ihr Appartement. Sie musste mit Matteo sprechen.

Matteo war nie sparsam mit Trinkgeld gewesen. Deshalb hatte er, im Gegensatz zu seiner Frau, bei dem

Servicepersonal viele „Freunde". Kaum hatte Daniel seinen Frustspruch losgelassen, erfuhr er davon. Scheinbar dösend lag er nun auf der Sonnenliege. Ausnahmsweise hielt er sich auf der Terrasse seiner Suite auf. Und in seinem Kopf überschlugen sich die Gedanken.

Schon lange wollte er seine ordinäre Frau „entsorgen". Scheidung kam nicht in Frage, da würde er nur eine kleine Abfindung bekommen. So stand es im Ehevertrag. Der war zwar schon dreißig Jahre alt, aber immer noch gültig. Am Anfang hatte er Lucina sehr geliebt. Matteo hatte außer einem abgebrochenen Studium der Rechtswissenschaften nur ein perfektes Benehmen, das ihm seine Eltern beigebracht hatten, und ein hervorragendes Aussehen vorzuweisen. Aber die durch eine Erbschaft steinreiche Lucina liebte ihn und sie heirateten. Mit Wehmut dachte er an die wunderbaren ersten Jahre ihrer Ehe. Lucina war eine bildschöne Frau mit verführerischer Figur und einer sexuellen Phantasie, die ihn von Anfang an begeisterte. Sie liebten sich an den abenteuerlichsten Orten. Im Dachpool eines Hotels in Singapur. Auf der beheizten Terrasse ihres Luxusappartements in Sankt Moritz. Auf dem Oberdeck ihrer Yacht vor Monaco, oder im Fahrstuhl des Bayoke

Tower von Bangkok. Und die Erinnerungen daran waren so schön und taten so weh.

Lucina wurde schwanger. Aber sie erlitt eine Fehlgeburt. So erging es ihr dreimal, bis der Arzt ihr von einer weiteren Schwangerschaft abriet. Von da an wollte sie keinen Sex mehr. Aber dem Essen und dem Alkohol sprach sie umso öfter zu, bis sie sich figürlich verdreifacht hatte. Einmal so unförmig versuchte sie etliche Diäten, jedoch konnte sie ihren Süßigkeits- und Alkoholkonsum nicht mehr kontrollieren und ihre Figur blieb die eines Flusspferdes.

Das machte sie launig, böse und bösartig. Matteo hatte nur die Möglichkeit der Scheidung oder des Seitensprunges. Nachdem sie ihn zweimal dabei ertappt hatte, stellte sie ihren Mann vor die Wahl, ihr „treuer, vermögender" Ehemann zu sein, oder wieder die arme graue Maus, die er vor der Eheschließung mit Lucina war. Er hatte sich für das angenehme Leben entschieden. Er war seiner frigiden Frau ein unterhaltsamer Gesellschafter und verhielt sich so, dass er ihren Zorn nicht auf sich zog.

Gelegentliche sichere Seitensprünge gönnte er sich noch, ansonsten grabschte er gerne fremde Damen bei jeder sich bietenden Gelegenheit an.

Aber er litt unter den immer häufigeren verbalen Aussetzer seiner Frau, welche ja auch ihn in ein schlechtes Licht rückten. Im Laufe der Zeit hatte er immer wieder Möglichkeiten gesucht, sie verschwinden zu lassen. Doch jedes Mal kam etwas dazwischen. War jetzt eine Gelegenheit gekommen, durch des Managers Aussage der Tötungsabsicht? Matteo glaubte nicht, dass Daniel dies ernst gemeint hatte, aber es lenkte sicher den Verdacht auf ihn, wenn Lucina gerade jetzt etwas passierte. Konnte er das alleine oder brauchte er einen Verbündeten? Clio fiel ihm ein. Eine wundervolle Frau mit einer verführerischen Figur und phantastischer sexueller Leidenschaft. War ihre Zuneigung echt, oder wollte sie nur ein angenehmes, sorgenfreies Leben haben? Egal, wenn Lucina nicht mehr war, konnte er darüber immer noch nachdenken.

Clios Laune hatte sich verschlechtert. Eilig war sie über die Liegewiesen der drei Resorts gegangen, um Matteo zu finden. Bis sie sah, dass sich dieser auf die Terrasse seiner

Suite zurückgezogen hatte. Da war er für sie unerreichbar.

Also musste sie Samuel helfen.

Verdacht

Nala und Daniel lagen nackt auf dem Bett in seinem Appartement. Sie hatte die einsetzende Dunkelheit bei Feierabend genutzt, um ungesehen in sein Appartement zu gelangen. Erlaubt war das nicht. Sie hatte sich ein paar Snacks mitgebracht, Getränke waren reichlich vorhanden. Als Daniel nach dem Dinner seinen Kontrollgang beendet hatte, kam auch er ins Zimmer. Sie gingen ein großes Risiko ein. Wenn Volker davon etwas erfahren würde, könnten beide ihre Jobs verlieren. Aber für die Liebe riskiert man eben immer viel mehr. Daniel war noch verärgert über den Vorfall mit Lucina Carbone und brauchte etwas Zeit. Auf den Balkon konnten sie nicht gehen, da waren sie zumindest von Clios Appartement und vom Übergang aus zu sehen. Aber die große Glastür zum ins Freie stand, wie immer, offen. Nach einer kleinen Weile der Beruhigung war Daniel dann auch nur noch auf Nala konzentriert.

Sie tauschten liebevoll Zärtlichkeiten aus und liebten sich voller Hingabe.

„Du konntest das Problem mit der Carbone gut ausblenden" bemerkte Nala später.

„Ja, schön dass es mir gelungen ist. Die Zeit mit Dir ist mir zu schade um sie mit solchen Sachen zu vergeuden."

Sie stand an der geöffneten Tür und schaute zu den Sternen. Daniel betrachtete Nala vom Bett aus und eine weitere große Erregung machte sich in ihm breit. Nalas Körper war hinreißend. Ihr Profil mit dem ebenmäßigen Gesicht, den wunderbar geformten Brüsten, dem flachen Bauch mit dem dezent erhobenen Venushügel und dem knackigen Po auf schlanken Beinen zeichnete sich scharf gegen den von Millionen Sternen erhellten Himmel ab.

Daniel erhob sich vom Bett und ging zu Nala. Erwartungsvoll lächelnd nahm sie seine Erregung wahr. Er zog sie in seine Arme und sie küssten und umschlungen sich innig bis sie wieder auf dem Bett landeten.

Kurz vor 23 Uhr musste Nala gehen, um den letzten Bus zu erwischen. Daniel lief etagenweise vor und schaute, dass niemand jetzt das offene Treppenhaus nutzte. Als sie ungesehen das Erdgeschoss erreicht hatten, geleitete er Nala bis zur Zugangsschranke, ein letzter leidenschaftlicher Kuss im Halbdunkel eines Lippenstiftbaumes und sie beeilte sich, das Hotelgelände zu verlassen. Neben dem Kontrollhäuschen gab es einen schmalen Durchgang, den viele nutzten, aber von den Askaris nicht kontrolliert wurde. Sie hätten ja vielleicht jemand erwischen können.

Auf dem Rückweg entdeckte Daniel eine große Wasserpfütze am Eingang der Lobby. Kurzerhand ging er in die dort befindliche Toilette, holte einige Papierhandtücher und wischte die Pfütze weg, so dass niemand auf dem nassen Steinfußboden ausrutschen konnte. Er entsorgte das Papier in der Toilette, da hörte er Stimmen, die immer lauter wurden. Als er mit feuchten Händen den Vorraum verließ, kam ihm ein Askari im Vollsprint entgegen. Der sah Daniel, stutzte er einen Augenblick, um dann auszurufen:

„Mister Daniel, eine Leiche im kleinen Pool."

Daniel trocknete die Hände an seiner Hose ab und folgte schnell dem Askari zum Pool. Einige Gäste hatten sich bereits eingefunden. Auch Antony, der Manager des Shanzu war da. Er sah Daniel grimmig grinsend an. Der schaute in den Pool und erkannte sofort Lucina Carbone in einem weit aufgeblähten hellblauen Chiffonkleid. Sie trieb unterhalb der Wasseroberfläche mit dem Gesicht dem Boden zugewandt.

Gerade stiegen drei Askaris in den Pool, um die Person zu bergen. Während sie Lucina auf die Wiese legten, raunte Antony Daniel ins Ohr:

„Jetzt hast Du ein großes Problem, Herzlichen Glückwunsch."

Einer der Gäste stellte sich als Arzt vor und untersuchte die Leiche, um den tatsächlichen Tod festzustellen. Duncan, der Chef der Askaris kam mit Volker um die Ecke, und Daniel bat die Gäste, den Pool und die angrenzende Poolbar zu verlassen. Duncan organisierte mit seinen Männern die Absperrung.

„Wir müssen Matteo Carbone verständigen" bemerkte Daniel zu Volker, der sich gleich auf den Weg machte. Er traf ihn an der Poolbar im Paradies Resort im Gespräch mit dem Barkeeper und berichtete ihm von dem Unglück. Sofort eilte Matteo mit Volker zum Pool. Aber anstatt in Tränen auszubrechen, schnauzte er Daniel an:

„Es hätte gereicht uns aus dem Hotel zu werfen. Sie hätten meine Frau nicht gleich umbringen müssen."

„Mister Carbone, es tut mir leid, was ihrer Frau passiert ist. Aber wir wissen bisher nur, dass Sie tot ist. Sie könnte ja auch ertrunken sein" entrüstete sich Daniel.

Worauf Antony bemerkte: „Heute Mittag sagtest Du ja schon, dass Du Sie umbringen könntest. Jetzt ist sie tot."

Volker beendete die Diskussion.

„Wir gehen jetzt alle einige Meter zurück und warten auf die Polizei."

Nachdem die Leiche sichergestellt und abtransportiert war, wandte sich der leitende Untersuchungsbeamte an die im Speisesaal versammelten Manager:

„Wer hat Miss Carbone das letzte Mal lebend gesehen?"

Antony meldete sich zu Wort: „Es wurde Bingo gespielt, auf der Freifläche der Poolbar im Shanzu Resort. Die Miss hat mitgespielt und Mister Carbone saß an der Poolbar. Irgendwann hatte Sie wohl keine Lust mehr und ging an die Bar zu Ihrem Mann."

„Sie ging aber gleich weiter um auf unser Zimmer zu gehen. Ich hatte noch ein Getränk und blieb an der Poolbar. Das hat Daniel ausgenutzt um Sie im Pool zu ertränken." Matteo schaute ihn grimmig an.

„Mister Daniel, wo waren Sie heute Abend?" fragte der Polizist.

„Nach dem Dinner habe ich meinen Kontrollgang durch das Coral-Palm Resort gemacht und bin dann in mein Appartement. Dort habe ich den ganzen Abend verbracht" beantwortete er die Frage.

„Waren Sie alleine. Oder kann das jemand bezeugen?"

Nach kurzem Zögern sagte Daniel: „Ich war alleine."

Der Polizist verließ den Speisesaal, um die Askaris zu befragen. Nach einiger Zeit kam er zurück und fragte wieder Daniel:

„Ein Askari sagte mir, dass er Sie in der Lobby angetroffen hat, als Sie die Toilette mit nassen Händen verließen. Ich denke Sie waren in Ihrem Appartement?"

„Manchmal mache ich außerplanmäßig einen Rundgang, so auch heute Abend. In der Lobby entdeckte ich eine Wasserpfütze. Ich habe diese mit Papier aufgewischt und es dann in der Toilette entsorgt. Als ich lautes Rufen hörte, verließ ich diese und genau in dem Moment kam der Askari in die Lobby" erklärte Daniel.

Antony lachte laut auf: „Wer soll das denn glauben?"

Der Polizist machte ein sehr nachdenkliches Gesicht und ging wieder nach draußen.

„Jetzt geht es Dir an den Kragen Jungchen" ätzte Matteo Carbone gegen Daniel.

Volker hielt ihn zurück, als der zu einer Antwort ansetzen wollte. Gemeinsam mit dem Polizisten betrat Lazarus den Speisesaal.

„Duncan hat mich angerufen" sagte er auf Volkers fragenden Blick.

„Wer war bei der Aussage, die Mister Daniel heute Mittag gemacht hat, dass er Miss Carbone töten könne, dabei?" wollte der Polizist wissen.

Volker stand auf: „Das war doch nur so ein dummer Spruch von Daniel. Miss Carbone hatte Ihn zum wiederholten Male sehr gereizt, nachdem Sie mal wieder einen unserer Mitarbeiter beleidigt hatte."

„Er sagte, ich könnte Sie umbringen" wiederholte Antony „und Mister Volker, Lazarus, ich und der Animateur Samuel waren dabei."

Der Polizist schaute Volker und Lazarus fragend an und beide nickten zögerlich.

Der Beamte öffnete eine der Schiebetüren und rief einige Worte nach draußen. Wenig später betraten zwei weitere Polizisten den Speisesaal platzierten sich links und rechts von Daniel und der Untersuchungsbeamte legte ihm Handschellen an.

„Ich verhafte Sie, wegen des Verdachtes, Miss Carbone getötet zu haben. Wir bringen Sie vorerst auf die Polizeistation Mtwapa, da ist ein kleines Gefängnis dabei und es ist hier in der Nähe. Dort warten Sie den weiteren Verlauf der Untersuchung ab."

Daniel schaute jedem der anwesenden Manager und Mister Carbone lange tief in die Augen.

„Ich weiß, dass ich es nicht getan habe. Vielleicht weiß es auch Einer von Euch. Jetzt müssen nur noch die Beamten herausfinden, wer es wirklich war." Daniel lächelte alle an und sagte „Lala Salama", schlafet wohl in Frieden. Dann drehte er sich zu den Polizisten und nickte: „Gehen wir."

Nala war außer sich. Als sie am Morgen ins Hotel kam, waren alle in heller Aufregung. Jamila stand an der Rezeption des Shanzu Resort und weinte. Anna und Eva weinten einige Meter weiter an der Rezeption des Coral-Palm Resort. Nala überlegte verzweifelt, wie sie Daniel helfen könnte, und wandte sich an Jamila.

„Was können wir tun? Ich glaube nicht, dass er es getan hat."

„Daniel behauptet, er wäre den ganzen Abend in seinem Zimmer gewesen. Aber er war alleine" berichtet Jamila unter Tränen.

Die Situation war ernst, selbst wenn Nala zugab bei Daniel gewesen zu sein, so bewies das nicht seine Unschuld, aber für sie würde das den Verlust ihres Arbeitsplatzes bedeuten. In ihrer Not suchte sie Lazarus. Sie traf ihn in seinem Büro, wo er mit ernstem Gesicht vor sich hinbrütete.

„Lazarus, er war es nicht. Das glaube ich nicht." Nala ließ ihren Tränen freien Lauf.

„Ich kann es auch nicht glauben, aber nach seinem Ausspruch von gestern Mittag ist er der Hauptverdächtige. Antony lässt keine Gelegenheit aus, dies jedem zu erzählen. Samuel hilft Ihm dabei kräftig. Und Matteo Carbone macht Urlaub. Sehr traurig sieht er nicht aus. Aber ich weiß nicht, wie wir Daniel entlasten können. Warst Du gestern Abend bei Ihm?"

„Ja, in seinem Appartement. Dann hat er mich zum letzten Bus bis vor die Schranke gebracht. Kurz davor oder danach hat man dann wohl die Carbone gefunden. Lazarus, er war es nicht, bitte hilf Ihm" flehte Nala.

„Du liebst Ihn wirklich, obwohl Du weißt, dass er auch mit Jamila und Miss Clio zusammen war oder ist. Ich würde

Dir und Ihm gerne helfen, aber ich weiß nicht wie." Lazarus klang jetzt auch verzweifelt.

Clio öffnete splitternackt die Appartementtür. Samuel lächelte sie an und wollte eintreten.

„Was gibt es, Samuel?" fragte sie schroff.

„Ich wollte Dich fragen, ob Du mit mir einen Strandlauf machst, Miss Clio" antwortete er unschuldig und starrte Clios unverhüllte wohlgeformte Figur an.

„Du glaubst wohl, wenn Daniel jetzt verhaftet ist, können wir gleich wieder von vorne anfangen? Die alte Carbone ist tot, Sie hat es irgendwie verdient. Warum hast Du zu fest zugeschlagen?" sagte Clio.

„Ich habe nicht zu fest zugeschlagen, als ich Sie in den Pool gelegt habe, hat Sie noch gelebt" verteidigt sich Samuel.

„Nicht so laut und komm rein." Clio zog ihn am Arm in das Appartement und schloss die Tür.

„Vielleicht hast Du ihren Kopf auf die Stufen fallen lassen und daran ist sie gestorben" erwiderte Clio aufgebracht. „Du wolltest Ihr doch nur wehtun, nicht umbringen."

„Nein, Antony hat mir geholfen Sie zum Pool zu tragen und hinein zu legen. Wir haben das richtig gemacht" verteidigt sich Samuel.

„Was wollte Antony dabei, wo kam der denn her?" fragte Clio.

„Er kniete ja schon bei Ihr und ich dachte er hätte Sie aufgefunden. Aber Er hat mir vorgeschlagen, die Miss Carbone die Klippen runter zu werfen. Ich habe Ihm dann gesagt, dass ich etwas anderes vorhabe und dann haben wir Sie zum Pool getragen."

„Hast Du Ihm gesagt, dass wir Beide das beschlossen haben?" Clio war jetzt sehr blass.

„Nein, er hat mir ja dann auch gleich geholfen. Deinen Namen habe ich nicht gesagt" Samuel verstand Clios Reaktion nicht, er starrte nur ihren wunderbaren nackten Körper an.

„Ok Samuel, bitte geh jetzt. Ich bin im Moment nicht in Laune mit Dir zusammen zu sein. Später vielleicht, oder besser Morgen" sagte sie, nahm ein Strandtuch vom Bett und bedeckte sich.

„Gut Miss Clio, aber mit uns ist jetzt wieder alles wie vorher, ja?" Samuel schaute sie besorgt an.

„Ja natürlich" antwortete sie „aber geh jetzt, Bitte."

Matteo Carbone lag auf seiner Sonnenliege und hatte zum äußeren Zeichen seiner Trauer, eine schwarze Badeshorts angezogen. Gerade hatte ihm der Barkeeper einen Bloody Mary serviert. Matteo lächelte versonnen und beschloss, diesen Tag zu genießen.

Lazarus hatte den ganzen Tag versucht, mit Antony Kontakt aufzunehmen, aber der war ihm aus dem Weg gegangen. Gestern Abend beim Bingo war er noch zu ihm gekommen und hatte nur kurz gesagt, dass nun alles gut werde und sie sich keine Sorgen zu machen brauchen. Jetzt hatte er ihn im Managerbüro des Shanzu angetroffen.

„Du hast gestern Abend nicht gesagt, dass Du die Miss Carbone umgebracht hast. Du wolltest Sie doch nur verletzen" fuhr Lazarus ihn an.

„Ich habe Sie nicht umgebracht. Als ich Sie das letzte Mal gesehen habe, lebte Sie noch." Antony verstand die Vorwürfe nicht.

„Aber jetzt ist Sie tot. Was hast Du da angestellt?"

„Ich habe die Miss nur in den Pool gelegt, da hat Sie noch gelebt" berichtet Antony.

„Du wolltest Sie doch die Klippen runterstoßen?" ereiferte sich Lazarus.

„Ja, aber es ist anders gekommen" antwortet Antony. „Es ist mir auch egal. Hauptsache Daniel ist im Gefängnis und da kommt er so schnell nicht wieder raus."

Im Gefängnis

„Sie haben nicht sehr viele Freunde unter Ihren Managerkollegen" stellte Kommissar Benjamin Mogwa fest.

„Leider nicht" antwortete Daniel.

Sie saßen in einer kleinen, schmutzigen, stickigen Zelle der Mtwapa-Polizeistation. Benjamin Mogwa leitete die Untersuchung und hatte hier sein Büro. Er war auch gestern Nacht vor Ort gewesen. Jetzt brachte er Daniel das Abendessen. Besonders schmackhaft sah es nicht aus, aber er aß es trotzdem. Auch im Gefängnis musste man sich nicht verhungern lassen. Ein Sixpack Tusker stand neben dem kleinen Hocker, der als Tisch diente. Daniel wusste, Kenianer tranken ihr Bier gerne warm. Aber dass er im Gefängnis überhaupt welches bekam, erstaunte ihn.

„Ist das jetzt schon meine Henkersmahlzeit?" scherzte Daniel.

„Genießen Sie jeden Tag. Hier in Kenia kann der Tod schneller kommen als so mancher glaubt. Ich bin kein Mensch, der Gefangene unnötig streng behandelt, sofern der Gefangene mir keinen Anlass gibt. Also seien Sie ehrlich zu mir und wir können Freunde werden. Lügen Sie mich an, kein Tusker mehr. Wir Polizisten haben in Kenia und auch International keinen sehr guten Ruf. Deshalb versuche ich, wenn möglich, Verdächtige so fair es geht zu behandeln. Das kann und mache ich aber nur, wenn ich merke, dass der Verdächtige sich bemüht mit mir zu arbeiten. Wenn nicht, dann nicht. Ich hätte Sie auch in das Stadtgefängnis von Mombasa schicken können. Aber das muss noch nicht sein. Den meisten weißen Europäern bekommt das Essen dort nicht so gut, Sie verstehen? Erzählen Sie mir warum die beiden afrikanischen Manager Sie nicht mögen und was Sie gestern Abend gemacht haben."

Daniel schaute den kenianischen Kommissar lange an. Er war schon in die Jahre gekommen, aber sein angegrautes Haar gab ihm ein interessantes Aussehen. Seine großen Hände schienen mehr für ein Handwerk geeignet, als für eine Waffe und die Arbeit am Schreibtisch. Seine lustigen Augen standen im Gegensatz zu seinem ernsten Gesicht. Seine große, respekteinflößende Figur hatte zwar schon sportlichere Zeiten gesehen, aber sie passte zu der ganzen Erscheinung. Daniel überlegte, ob er diesem Mann wirklich vertrauen konnte. Es blieb ihm nichts anderes übrig. Er hatte die Macht und wenn er ihn wegsperrte, konnte das für immer sein. Daniel beschloss, diesen Mann besser nicht zu belügen. Er erzählte Benjamin Mogwa seine Geschichte mit den drei Frauen und der daraus folgenden Abneigung der beiden Manager und des Animateurs. Er berichtete sein Erlebnis im Fitnessraum, sein Safariabenteuer, das Schlangenerlebnis von Clio, die Sache mit dem Massaispeer und am Ende, wie sich sein gestriger Abend zugetragen hatte. Der Kommissar hatte schweigend zugehört und fragte dann:

„Wenn das stimmt, können Sie es nicht gewesen sein, die Todeszeit liegt vor Nalas Aufbruch. Wenn ich jetzt Nala befrage und Sie erzählt die gleiche Geschichte, sind Sie frei, aber Sie verliert Ihre Arbeit und bekommt einen Haufen Probleme. Was dann?" Benjamin Mogwa schaute Daniel prüfend an.

„Ich werde mich um Nala kümmern" sagte Daniel „ich werde Sie nicht in Schwierigkeiten bringen."

„Gut" meinte der Kommissar „ich werde Nala vorerst nicht befragen und Sie bleiben hier bei uns, freiwillig. Wir werden weitere Nachforschungen in der Hotelanlage anstellen, tun aber so, als ob Sie der Täter wären. Vielleicht gibt uns der wirkliche Täter einen Hinweis."

„Wie wurde Lucina Carbone umgebracht, oder war es gar ein Unfall und Sie ist ertrunken?" wollte Daniel wissen.

„Sie hat offensichtlich eine Kopfverletzung, deshalb glauben wir, dass Sie niedergeschlagen und dann in den Pool geworfen wurde. Die genaue Todesursache wird durch die Obduktion geklärt, das dauert noch."

„Egal was für eine Todesursache festgestellt wird, ich glaube, dass dies nur ein kräftiger Mann getan haben kann. Aber eine Eifersuchtstat um Ihnen einen Mord in die Schuhe zu schieben, wäre auch noch möglich."

„An wen denken Sie dabei?" fragte Daniel ungläubig.

„Na ja, Sie sind mit Nala zusammen. Aber auch mit Jamila und Miss Clio. Vielleicht hatte eine der Damen keine Geduld mehr mit der Situation und hat die Gelegenheit genutzt, nach Ihrem Gefühlsausbruch, die Miss Carbone zu töten? Aber dann würde die Dame auch auf Sie verzichten wollen, oder?" resümierte der Kommissar.

„Jamila und Clio waren bei meinem Ausspruch nicht dabei. Trotzdem können Sie davon erfahren haben. Mit Nala habe ich am Abend darüber gesprochen. Also haben Sie wie viele Personen unter Verdacht, außer mir?"

„Nun ja, Antony und Samuel sind eifersüchtig wegen Miss Clio und Jamila. Jamila und Miss Clio sind ebenfalls eifersüchtig wegen Nala. Nicht zu vergessen Lazarus. Auch eifersüchtig wegen Nala. Aber auch der Ehemann scheidet noch nicht aus, wie ich hörte, genießt er so richtig den Tag. Der Einzige, der für mich nicht als Täter in Frage kommt, sitzt hier im Gefängnis."

Timo

Timo war sehr in Sorge. Er wusste, dass das Mtwapa-Gefängnis in der gleichnamigen Polizeistation nur ein Aufbewahrungsort war für Straftäter, die unter Verdacht standen. Aber wenn die Polizei nicht schnell etwas herausfand, dass Daniel entlasten konnte, würden sie ihn in das Shimo la Tewa Gefängnis oder schlimmer noch, nach Nairobi verlegen. Timo hatte gehört, dass in den Gefängnissen fürchterliche hygienische Zustände herrschten und Straftäter mit heller Hautfarbe sehr selten den Aufenthalt in den überfüllten Gefängniszellen überlebten. Er konnte nicht glauben, dass Daniel die Miss Carbone umgebracht hatte. Er hatte sich bisher sehr fair gegenüber den Mitarbeitern im Hotel verhalten. Er hatte immer ein freundliches Wort für jeden und wenn es mal einen Grund gab, jemanden zu tadeln, dann machte er das unter vier Augen und in ganz ruhigem Ton. Er erklärte, was falsch gelaufen war, und zeigte Möglichkeiten es besser zu machen. Anfangs hatte Alphonse seine Abneigung gegen den neuen Manager schon gezeigt und bei den Mitarbeitern im Speisesaal gegen Daniel gehetzt. Aber er war ja auch für die anderen Angestellten außerhalb des Restaurants zuständig und die waren mittlerweile ebenso überzeugt, dass er ein guter und gerechter Manager war. Nach dem Streit in der Küche mit Simon hatte Daniel sie nicht entlassen, wie das normalerweise so gemacht wurde. Er hatte mit ihnen geredet und sie hatten sich danach gerichtet. Auch mit Alphonse hatte Daniel gesprochen, dass dieser mit den Waiter nicht so streng war. Der hatte sehr lange überlegt, aber er war dann zu der Überzeugung gekommen, dass Daniel ihm alle seine Pflichten mit gewissen Freiheiten und eigenen Entscheidungen überließ und nur gelegentlich Verbesserungsvorschläge machte. Diese besprachen sie zusammen und Alphonse war der, der diese dann umsetzen konnte. So war er zufrieden, die Waiter konnten ihre Arbeit machen ohne besonders großen Druck und alle, auch der Manager, waren befriedigt. Einige Kellner aus den anderen Resorts Shanzu und Paradies hatten schon bei Alphonse nachgefragt, ob sie nicht wechseln könnten. Das zeigte ihm, dass es im Speisesaal richtig gut zu arbeiten war. Auch die Gäste waren sehr zufrieden, da sie ohne Hektik und Stress zuvorkommend bedient wurden.

Jetzt war Daniel im Gefängnis und alle waren in Aufruhr. Jeder im Speisesaal kannte die Carbones und so mancher hatte schon böse Worte von der Miss zu hören bekommen. Oder sie hatten beobachten müssen, wie der

230

italienische Mister fremden Damen am Buffet in den Ausschnitt schielte oder schlimmer noch über Po und Brust streichelte. So manche Lady hatte sich darüber empört.

Timo wollte Daniel helfen. Sie waren Freunde geworden, hatten sich auch schon außerhalb des Hotels getroffen und in der nahen gelegenen Bar in der sonst nur Einheimische verkehrten, gemeinsam gesessen, geredet und getrunken. Timo hatte ihm seine Geschichte erzählt. Dass er drei Kinder hatte, von denen eines behindert war und den ganzen Tag betreut werden musste. Die beiden großen Jungs gingen schon zur Schule, aber danach sollten sie ebenfalls beaufsichtigt werden. Seine Frau hatte die schwere Geburt des behinderten Sohnes nicht lange überlebt und war nach acht Monaten gestorben. Er, Timo, konnte sich nicht um die Jungs kümmern, da er Geld verdienen musste. Sie hatten nur eine kleine Dreizimmerwohnung in einem Wohnblock zwischen Mombasa und den vielen Hotelanlagen, und die musste bezahlt werden, wie so vieles andere auch. Er hatte Urlaub bekommen und war an den Victoriasee gereist, um für sich und seine drei Kinder eine Frau und Mutter zu kaufen. Dafür hätte er dem Vater und Familienoberhaupt eine Kuh bezahlen müssen. Das Geld hierfür hatte er nicht parat, also wurde ein Teilzahlungsvertrag vereinbart. Das war aber nur möglich, weil sein Schwiegervater noch zwei Töchter hatte, die den Haushalt und die Viehzucht betreuten. So musste Timo jeden Monat für seine Frau bezahlen, bis der Gegenwert für eine Kuh plus einen Extrabonus erreicht war. Die Frau, die er bekommen hatte, war nicht sehr hübsch, aber lieb zu den Kindern. Besonders zu dem kleinen behinderten Jungen hatte sie schnell eine gute Beziehung aufgebaut. Schon alleine dafür liebte Timo sie. Dazu war sie eine hervorragende Köchin und auch die beiden älteren Jungs mochten sie sehr. Zu allem war sie für Timo eine liebevolle Ehefrau.

Auch deshalb war es für ihn wichtig, seine Arbeit zu behalten. Wurde ein Waiter einmal entlassen, bekam dieser in einem anderen Hotel meist noch eine Chance. Wurde er aber zum zweiten Mal rausgeworfen, musste er den Küstenabschnitt wechseln oder ins Landesinnere gehen. Das war mit mindestens einem Umzug verbunden, den sich keiner leisten konnte. Simon war bereits zweimal an der Südküste rausgeflogen. Hätte Daniel sie beide entlassen, wären die Chancen immer geringer geworden, Arbeit zu finden. Timo verdiente genug, um für die Wohnung und den Lebensunterhalt für seine Familie aufkommen zu können. Aber er war auf das Trinkgeld der Gäste angewiesen, um seine Frau zu bezahlen. Deshalb wollte er seine ihm zugeteilten Touristen so gut und so schnell wie möglich bedienen. Aber das wollte jeder Waiter. Darüber gab es dann Ärger mit Simon und zu jenem bewussten Streit.

Alle seine Kollegen waren entsetzt über die Verhaftung von Daniel und jeder versuchte in irgendeiner Form etwas herauszufinden, das ihm helfen könnte.

Timo hatte Freunde bei den Gärtnern und den Jungs vom Poolservice. Ein anderer hatte guten Kontakt zu den Mitarbeitern im Roomservice und ein weiterer pflegte seine Freundschaften zu den Askaris. Diese Angestellten im Sicherheitsdienst waren ja rund um die Uhr im Schichtdienst unterwegs und sollten eigentlich schon mitbekommen, wenn etwas schiefläuft.

Aber wenn irgendjemand etwas gesehen hatte, würde er dies auch mitteilen und wem?

Dass Daniel bei Antony und Samuel nicht sonderlich beliebt war, das wussten die meisten. Lazarus spielte eher eine undurchsichtige Rolle. Eigentlich verstand er sich gut mit Daniel. Andererseits sah man ihn öfters bei Nala im Touristoffice und bei Jamila an der Rezeption des Shanzu Resort. Also war zu vermuten, dass er in ihm auch einen unliebsamen Mitkonkurrenten bei den beiden Damen sah.

Und was war mit dem Ehemann der Miss Carbone. Zur Frühstückszeit war er noch im Hotel. Machte er weiter Urlaub, bis die Umstände des Todes seiner Frau geklärt waren? Oder hatte er gar etwas mit ihrem Tod zu tun?

Timo nahm sich vor, alle seine Freunde zu bitten, Augen und Ohren offen zu halten und jede noch so unwichtige Beobachtung ihm mitzuteilen. Vielleicht konnte er Daniel doch ein wenig helfen.

Anhörungen

Kommissar Benjamin Mogwa hatte sich in Daniels Managerbüro niedergelassen. Er war ein erfahrener Polizist und im Umgang mit Mord besonders geschult. Hier handelte es sich aber um ein Verbrechen in einem Hotel, da hieß es, schnell zu handeln, denn es kamen jeden Tag neue Gäste hinzu und einige reisten ab oder gingen auf Safari. Manche Safari dauerte bis zu 7 Tage. Benjamin Mogwa wollte sich einen Eindruck verschaffen, von den Verdächtigen, die ihm so in den Sinn kamen.

Vor dem Schreibtisch saß Matteo Carbone.

„Mister Carbone" begann Benjamin Mogwa „ich versichere Ihnen, dass Ihr menschlicher Verlust auch mich berührt. Jeder Mensch der gewaltsam aus dem Leben scheidet ist ein Fall für die Polizei, hier sogar für die Mordkommission. So etwas gibt es tatsächlich hier in Kenia, obwohl die meisten Touristen – Gott sei Dank – niemals damit zu tun haben."

„Ich bin in tiefer Trauer um meine Frau" führte Matteo Carbone an „und ich möchte sobald dies möglich ist, mit meiner Frau zurückreisen. Unsere Familien sind erschüttert."

„Ich kann Ihnen leider die Ausreise nicht gestatten, solange die Untersuchungen noch andauern" klärte Benjamin auf.

„Aber es ist doch eindeutig, was da passiert ist und wer dafür verantwortlich ist" ereiferte sich Matteo.

„Ja, offensichtlich ist die Sachlage klar. Wir haben ja auch Daniel Wolf, den Manager, ins Gefängnis gesteckt. Aber bisher haben wir keine Beweise, dass er tatsächlich Ihre Frau getötet hat."

„Er hat es doch am Nachmittag nach dem Streit mit uns angekündigt" warf Matteo ein.

„Daniel sagte, er könne ihre Frau umbringen. Er sagte nicht, ich werde die Miss Carbone umbringen. Da ist schon ein Unterschied. Sicher ist er verdächtig nach dieser Aussage, aber noch ist er nicht überführt. Noch wissen wir gar nicht, wie Ihre Frau ums Leben gekommen ist. Sie könnte ja auch in den Pool gefallen und ertrunken sein. Das wird die Obduktion zeigen."

Benjamin nahm sich für seine Ausführungen richtig viel Zeit, um Matteo zu beobachten und zu studieren. Die Anschuldigungen gegen Daniel waren massiv, da hieß es, wachsam zu sein und alles gegeneinander abzuwägen.

„Schildern Sie mir doch bitte Ihren Abend. Wann haben Sie zum letzten Mal mit Ihrer Frau gesprochen?"

„Meine Frau nahm am Bingospiel teil. Ich saß in der Nähe an der Poolbar des Shanzu Resort trank Cocktails und unterhielt mich mit dem Barkeeper."

„Taten Sie das öfters?"

„Ja, immer wenn Lucina Spiele mitmachte, saß ich an der Bar. Ich mag keine Spiele. Aber hier in den Resorts werden ja regelmäßig welche angeboten, als Abendevent. Meine Frau nahm daran gerne teil" erzählte Matteo.

„Aber an diesem Abend war Sie nicht ganz bei der Sache. Der Streit mit dem Hotelmanager belastete Sie" erklärte er weiter.

„Nun ja, als Kenianer sehe ich es auch nicht gerne, wenn meine Landsleute beleidigt werden. Der Manager hat nach seiner persönlichen Einstellung und weil es zu seinen

Aufgaben gehört, seinen Mitarbeiter verteidigt. Und das nicht zum ersten Mal." Benjamin schaute Matteo erwartend an.

„Im Grunde gebe ich Ihm ja recht. So wie meine Frau das manchmal machte, sollte man andere Menschen, egal wie sie aussehen oder ihre Arbeit machen, nicht behandeln. Es brach immer so plötzlich und unkontrolliert aus Ihr heraus. Später tat es Ihr meistens leid. Aber entschuldigen konnte und wollte Sie sich dann auch nicht. Da beschimpfte Sie auch noch den Manager." Matteo machte ein verlegenes Gesicht.

„Kurz vor Beendigung des Spiels stand Sie auf, kam zu mir an die Bar und sagte mir, dass Sie ins Zimmer gehen wolle. Meine Begleitung lehnte Sie ab, da Sie sah, dass ich gerade einen frischen Cocktail bekommen hatte" berichtete Matteo weiter.

„Wie lange blieben Sie noch an der Bar?" wollte Benjamin wissen.

„Ich ging nach dem Cocktail durch das Paradies Resort hinunter an den Strand um mir den wunderbaren Sternenhimmel anzusehen. Als ich genug gesehen hatte,

238

ging ich zurück ins Resort, sah, dass die Poolbar im Paradies noch geöffnet war und bestellte mir noch einen Cocktail. Dort saß ich dann auch, als mich Volker zur Leiche meiner Frau holte." Matteo hatte Tränen in den Augen.

„Nehmen Sie mir die Frage nicht übel, Mister Carbone, aber haben Sie jemanden getroffen, der das bestätigen kann?"

„Nein. Auf dem Weg zum Strand habe ich niemand getroffen. Am Strand waren zwei oder drei Leute, aber wohl nicht von diesen Resorts. Sie liefen vorbei in Richtung der Nachbarhotels" erklärte Matteo „Nur die beiden Barkeeper vom Coral-Palm und dem Paradies habe ich gesehen."

Benjamin Mogwa nickte verstehend.

Der Nächste war Lazarus.

Nach Feststellung der persönlichen Daten kam der Kommissar gleich zur Sache.

„Sie hatten eigentlich frei nach dem Dinner. Wieso haben Sie im Shanzu Resort das Bingospiel geleitet?" begann Benjamin.

„Kurz vor dem Ende des Dinners kam Antony, der Manager des Shanzu Resort zu mir und teilte mir mit, dass er sich nicht wohl fühle und fragte mich, ob ich den Spieleabend leiten könne" so Lazarus.

„Kommt so etwas öfters vor?"

„Eher selten. Aber wenn, da kann man doch kollegial sein, oder?" fragte Lazarus zurück.

„Ja natürlich, da ist ja nichts dagegen einzuwenden. Ging denn Antony Kashima nachdem Sie übernommen hatten nach Hause?"

„Er hielt sich wohl noch eine Zeitlang im Hotel auf. Er kam auch während des Events zu mir und fragte ob alles ok sei. Als ich das Spiel beendete, räumte ich mit den Waitern die Sonnenterrasse auf und wollte gerade nach Hause gehen, als mich Duncan, der Chef unserer Askaris anrief und mir mitteilte, was geschehen war. Ich ging zum

240

Speisesaal des Coral-Palm Resort und traf dort Sie, Mister Mogwa, und alle Manager, auch Antony."

Benjamin machte sich Notizen.

Als Clio Samuel die Tür öffnete, war er sehr enttäuscht. Sie trug ein Bikinioberteil und hatte zudem noch ein Wickeltuch um die Hüften.

„Ja, Samuel?"

„Miss Clio, die Polizei ist im Resort. Dieser Kommissar befragt gerade Mister Carbone und Lazarus." Samuel war besorgt.

„Was geht das mich an?" fragte Clio und ließ ihn ein.

„Was sollen wir denn sagen, wenn wir angehört werden?" Samuels Stimme klang fast schon etwas weinerlich.

„Hat Dich denn jemand gesehen an diesem Abend?" Clios Stimme klang fest und beherrscht.

„Ja, Antony"

„Hat er Dich denn auch erkannt?"

„Das weiß ich nicht. Wir haben mit leiser Stimme gesprochen und ich hatte diese Haube auf." Samuel wurde etwas sicherer. „Ich kann mir trotzdem vorstellen, dass er mich erkannt hat."

„Was habt Ihr denn gesprochen?"

„Ich sagte nur, dass ich die Miss in den Pool legen will. Das haben wir dann gemeinsam getan, ohne weiter zu sprechen. Danach sind wir in verschiedene Richtungen weggegangen."

„Dann ist doch alles ok, oder?" fragte Clio.

Antony saß vor Benjamin Mogwa.

Der Kommissar ließ sich viel Zeit, um in seinem Notizbuch zu blättern, bevor er ihn ansprach.

„Antony, wie geht es Ihnen?"

„Danke, es geht mir gut" antwortete dieser etwas verwirrt.

„Nun, vorgestern ging es Ihnen ja nicht so gut" stellte Benjamin klar, dass er davon wusste.

„Ja, das stimmt. Es ging mir eine ganze Weile nicht so gut. Ich befürchtete eine beginnende Malaria. Aber es war wohl nur eine Magenverstimmung. Deshalb habe ich Lazarus gebeten, den Bingoabend zu übernehmen, denn ich hatte Durchfall."

„Aber Sie sind nicht nach Hause gegangen."

„Nein, ich habe von einem Gast ein Medikament bekommen und wollte abwarten, wie es sich entwickelt. Ich war die meiste Zeit in meinem Büro im Shanzu Resort. Einmal bin ich kurz zu Lazarus um mich zu vergewissern, ob bei Ihm alles ok sei."

„War irgendjemand bei Ihnen im Büro?" fragte Benjamin.

„Nein ich war alleine."

„So wie Daniel" stellte der Kommissar brummend klar.

Antony erschrak. Ja, er hatte auch keinen Zeugen für die Tatzeit.

„Hatten Sie denn auch Probleme mit der Miss Carbone?"

„Nein, Sie war nur zu den Spieleabenden im Shanzu Resort. Es ist mir nichts zu Ohren gekommen, dass es da Ärger gab."

„Wie war denn Ihr Verhältnis zu Daniel? Wie ich hörte, haben Sie sich manchmal nicht so nett unterhalten."

Antony musterte den Polizisten und sagte dann: „Daniel hatte in einigen Dingen nicht die nötige harte Einstellung, die man hier in den Resorts im Umgang mit dem Personal haben muss" erklärte Antony. „Er hat zum Beispiel zwei Waiter, die sich in der Küche geprügelt haben, nicht entlassen."

„Und er ist mit Miss Jamila ausgegangen" ergänzte Benjamin.

„Ja, dass macht man nicht" sagte Antony und biss sich auf die Lippen. Das war ihm zu schnell rausgerutscht.

„Durfte er das nicht, weil er der Manager ist, oder weil Sie lieber mit Miss Jamila ausgehen wollten?"

„Miss Jamila ist Kenianerin" war die nichtssagende Antwort Antonys.

„Und da geht man als Europäer nicht mit Ihr aus, obwohl Sie das möchte?" bohrte Benjamin nach.

„Als Manager geht man nicht mit Mitarbeitern aus."

„Aber Sie, Antony, sind doch auch schon gelegentlich mit Ihr ausgegangen und Lazarus Watonge ebenso." Der lauernde Blick Benjamins lag auf Antony.

„Wir sind ja auch Kenianer, wir dürfen das."

„So ein Quatsch, Miss Jamila kann ausgehen mit wem Sie will."

„Aber nicht mit Daniel" beharrt Antony weiter.

„Sind Sie deshalb nicht so gut auf Daniel zu sprechen, weil Miss Jamila mit Ihm ausgegangen ist?" fragte Benjamin weiter.

„Er hat gewusst, dass ich mit Jamila befreundet bin. Da hätte er das nicht tun dürfen."

„Auch dann nicht, wenn Miss Jamila das so gewollt hat?“

„Auch dann nicht. Hätte Ihnen das gefallen, Kommissar?“

„Das spielt keine Rolle. Aber ich weiß nun, dass Sie Daniel nicht mögen wegen Miss Jamila. Kann es sein, dass Sie den Ausspruch von Daniel genutzt haben, um Ihm zu schaden, Ihn ins Gefängnis zu bringen, dass er Miss Jamila in Ruhe lässt?“

Antony wurde sehr still.

„Also“ sagte da gerade Benjamin „ab jetzt gehören Sie auch zu den Verdächtigen, aber festnehmen kann ich Sie deshalb nicht, noch nicht!“

„Ist Ihnen ein Europäer wichtiger als ein Kenianer?“ wollte Antony wissen.

„Die Wahrheit ist mir am allerwichtigsten und die Menschen. Dabei spielt es für mich keine Rolle wo sie herkommen und wie sie aussehen. Gehen Sie jetzt, aber halten Sie sich zur Verfügung.“

Benjamin Mogwa überlegte, wen er weiterhin befragen sollte. Miss Clio? Aber die zählte nicht zum Kreis der Verdächtigen. Was für einen Grund gab es da, sie zu kontaktieren. Sabine und Volker, was würde das bringen? Gab es irgendeine Verknüpfung, die er übersehen hatte? Ach ja, der Animateur.

Als Samuel vor dem Schreibtisch saß, zitterte er und hoffte, dem Kommissar werde es nicht auffallen.

„Jambo Samuel" begann Benjamin. „Nach dem Anwesenheitsprotokoll vom Personalausgang waren Sie am Tatabend im Resort. Warum?"

„Ich bin für die beiden Fitnessräume im Coral-Palm Resort und im Paradies Resort zuständig. Die müssen kontrolliert und gereinigt werden. Ich putze nicht die Räume, aber die Geräte. Laufbänder, Rudergeräte und Cardiofahrräder müssen überprüft werden, dass nichts passieren kann. Das habe ich an diesem Abend ausgiebig gemacht" gab Samuel Auskunft. „Es haben mich dabei auch einige Gäste gesehen."

„Sie haben erst nach Mitternacht das Resort verlassen. Haben Sie solange gearbeitet?"

„Nein, natürlich nicht. Ich habe mitbekommen, was mit der Miss Carbone passiert ist. Da bin ich dann geblieben und war neugierig. Mit einigen Waitern habe ich mich unterhalten."

„Und wo waren Sie zur Tatzeit?" wollte Benjamin genau wissen.

„Welche Zeit meinen Sie denn, Kommissar?"

„Na so zwischen 22 und 23 Uhr."

„Da war ich wohl noch in den Fitnessräumen unterwegs." Samuel zitterte immer heftiger.

„Wir haben die Ein-/Ausgangsbücher gecheckt. In diesem Monat haben Sie bisher immer um spätestens 18 Uhr das Resort verlassen. Und heute ist der 28 Tag im Monat. Wie oft kontrollieren Sie die Fitnessräume?"

„Wenn keine Gäste trainieren mache ich das morgens" fiel Samuel gerade noch ein.

Benjamin Mogwa saß auf der Aussichtsplattform, während Clio vom Strand heraufkam.

„Haben Sie Lust sich mit mir zu unterhalten?" fragte er und zeigte ihr seinen Dienstausweis.

Clio zögerte einen Moment, dann ging sie zur Plattform und setzte sich auf die steinerne Bank gegenüber von Benjamin.

„Sie leiten die Untersuchung, ja?"

„Ganz richtig und Sie sind die Miss Clio?!"

„Genauso ist es. Darf ich Sie Benjamin nennen?"

„Gerne. Was halten Sie denn von der ganzen Sache, Miss Clio?" fragte der Kommissar.

„Es ist etwas außergewöhnlich, das von einem Polizisten gefragt zu werden. Ich finde es schrecklich, wenn ein Mensch zu Tode kommt. Noch dazu an einem solch schönen Ort an dem sich so viele Menschen wohlfühlen. Kennen Sie denn schon die genaue Todesursache, Benjamin?"

„Vielleicht morgen. Unsere Gerichtsmedizin ist nicht ganz so schnell wie in Europa. Aber so wie es aussieht, wurde Miss Carbone ermordet."

„Warum haben Sie Daniel eingesperrt, wenn Sie noch nichts Genaues wissen?"

„Nun ja, er hätte einen Grund und er hat eine Tötungsabsicht geäußert." Benjamin schaute nachdenklich über das weite Meer.

„Was Daniel gesagt hat, ist doch nur so eine Floskel, die bei uns in Europa eigentlich nur bedeutet, dass man auf eine bestimmte Person zornig ist. Das heißt noch lange nicht, dass man bereit ist, diese Person tatsächlich zu töten."

„Sind Sie zornig auf Daniel, Miss Clio?"

„Warum sollte ich auf Ihn zornig sein? Wir haben schöne Stunden miteinander verbracht. Aber Daniel ist ein junger Mann der wohl gerne Abenteuer sucht. Sonst wäre er ja nicht hier. Auch ich gehe gerne auf die Jagd. Dabei muss man aber immer damit rechnen, keine Beute zu machen. Daniel hat sich auch anderswo umgesehen, das kann er doch tun. Er hat mir nichts versprochen." Bei diesen Worten wirkte Clio traurig.

„Er ist dabei auch anderen Personen in den Weg gekommen. Halten Sie es für möglich, dass sich jemand an Ihm rächen wollte?"

„Durchaus ist das möglich, aber auch wahrscheinlich?"

„Das versuche ich gerade heraus zu finden" antwortet Benjamin.

„Ich werde in drei Tagen abreisen. Kann ich Daniel im Gefängnis vorher besuchen?"

„Ich werde die Entwicklung der nächsten Stunden abwarten bevor ich Ihnen antworte" weicht Benjamin aus.

Drohung

Samuel starrt auf das Laufband. Mit seinen Gedanken ist er aber bei der Mordnacht. Als Antony ihn von hinten anspricht, erschrickt er gewaltig.

„Was hast Du Dir dabei gedacht, die Miss umzubringen?" fragt er.

„Ich habe Sie nicht umgebracht. Sie hat doch noch gelebt als wir Sie in den Pool gelegt haben." Samuel ist unglaublich nervös. So sehr er Daniel Schlechtes gewünscht hatte, diese Situation hat er absolut unterschätzt.

„Ich habe gesehen, wie Du Sie niedergeschlagen hast" spricht Antony weiter. „Du hast zu fest zugeschlagen, jetzt ist Sie tot."

„Nein, Sie hat noch gelebt" Samuel schreit es fast.

„Wer war die andere Gestalt, die mit Dir zur Miss wollte?" fragt Antony.

„Ich weiß nicht was Du meinst?" heult Samuel.

„War das vielleicht die enttäuschte Miss Clio?" will Antony wissen. Aber er erhält keine Antwort.

„Sei vorsichtig was Du der Polizei erzählst und erwähne ja nicht meinen Namen. Ich bin in der besseren Position" empfiehlt Antony.

Samuel sieht ihn ängstlich an und rennt dann aus dem Raum.

„Was willst Du denn schon wieder?" Clio schaut Samuel verärgert an.

„Antony hat mich gerade angesprochen. Ich soll vorsichtig sein, was ich der Polizei erzähle. Er hat mich erkannt und er vermutet, dass Du auch davon wusstest. Und er sagt, ich hätte die Miss umgebracht" Samuel ist fast am Heulen.

„Er wurde ja schon von dem Kommissar befragt und hat wohl nichts gesagt, sonst wärst Du ja schon verhaftet. Also bleib ruhig. Sprich mit niemand über die Miss Carbone und gut ist, ok?"

„Ich versuche ruhig zu bleiben" versichert Samuel.

„Ich brauche Unterstützung. Antony wird zu einem Problem" leise wehten diese Worte durch die kleine Grotte am Strand.

„Ja, Er weiß zu viel und er ist labil. Er hat auch zu viel gesehen. Also könnte da eine Gefahr drohen. Wir sollten etwas unternehmen, nur was?"

„Es gibt da einen Massaispeer. Ich weiß wo er ist. Der könnte vielleicht von Nutzen sein" war eine weitere Information.

„Drohen oder Beseitigen?"

„Wir sollten Ihn beseitigen!!"

Kein Laut und kein Echo verließ die Grotte.

Aufgespießt

Jamila war an diesem Morgen die Erste in der Rezeption des Shanzu Resort. Sie wollte einfach nicht mehr alleine zu Hause bleiben. Zu viele Gedanken gingen ihr durch den Kopf. Der Tod der Miss Carbone war ihr sehr nahe gegangen. Das Daniel eingesperrt wurde, hatte sie nicht verstanden. Wieso wurde er verdächtigt? Nur wegen dieses doofen Spruches, den kein Mensch ernst nimmt? Nala sagte ihr, dass es Daniel nicht gewesen sein kann. Genaues hatte sie nicht gesagt. Vermutlich war sie bei ihm an diesem Abend. Jamila wusste nicht, wie es jetzt weitergehen sollte. Das war ein bisschen zu viel für sie. Nachdenklich öffnete sie die Tür zu Antonys Managerbüro und nahm einen eisenhaltigen Geruch wahr. Als sie zum Schreibtisch sah, erstarrte sie.

In seinem Schreibtischstuhl saß Antony.

Aus seiner Brust ragte ein Massaispeer.

„Sie haben mir erzählt, dass ein Speer auf Sie geworfen wurde. Wissen Sie noch, wo der Speer ist?" Benjamin Mogwa stand in Daniels Zelle.

„Ich habe ihn aus dem Stamm der Palme gezogen und mit in mein Appartement genommen. Es war kein Touristenspeer aus drei Teilen, sondern aus einem Stück gearbeitet." Daniel ist verwundert.

„Wem haben Sie von dem Speer erzählt?" wollte Benjamin wissen.

„Nur Ihnen und Timo, dem Waiter."

„Wo ist der Speer jetzt ist?"

„Da ich ihn nicht weggeworfen habe, muss er sich noch im Appartement befinden. Gibt es einen bestimmten Grund für Ihre Fragen, Benjamin?"

„Jamila hat heute Morgen Antony in seinem Büro gefunden. Mit einem Massaispeer in der Brust. Das hat er nicht überlebt."

Daniel wurde ganz still. Sehr viel Zeit hatte er schon in dieser Zelle zum Nachdenken gehabt. Was hatte er alles ausgelöst, durch seine Liebeleien mit den drei Damen und der Streiterei mit Lucina Carbone. Das hatte ihm schon zugesetzt und er fühlte sich auch irgendwie schuldig oder verantwortlich für manche Sachen. Jetzt war Antony tot. Waren beide Tote das Werk von einer Person?

„Wir werden ihr Appartement nach dem Speer durchsuchen. Möglicherweise wusste der Täter, wo er ihn finden konnte. Identifizieren können Sie den Speer nicht?"

„Nein, nicht einwandfrei. Ich hatte ihn nur kurz in den Händen. Das war im dunklen Garten und im Zimmer habe ich den Speer auf den Schrank gelegt."

„Dann muss ich Timo befragen, wem er von dem Speer erzählt hat, oder glauben Sie, dass Timo damit etwas zu tun hat?" fragte Benjamin.

„Nein, auf gar keinen Fall. Das kann nicht sein. Timo hat Familie. Er ist zwar mein Freund, aber was sollte er damit bezwecken wollen. Ich erkenne auch keinen Zusammenhang zwischen den beiden Taten."

„Nun ja, Sie sind auch kein Kommissar."

„Was sehen Sie denn für einen Zusammenhang?" fragte Daniel und schaute ihn erwartungsvoll an.

„Vielleicht hat Antony den Mord an der Miss Carbone beobachtet, oder er hat eine Person verdächtigt und Ihr das mitgeteilt. Diese Person hat ihn dann heute Nacht aufgespießt." Benjamins Schlussfolgerung konnte Daniel nachvollziehen. Und er erkannte, dass der Kommissar ihn tatsächlich nicht verdächtigte.

„Könnten Sie mich unter diesen Umständen aus dem Gefängnis lassen, Benjamin?" Daniel war voller Hoffnung.

„Lassen Sie mir noch etwas Zeit. Vielleicht möchte Sie ja auch jemand umbringen. Da wären Sie hier sicherer aufgehoben."

„Ich habe Ihnen von unserem Love Beach erzählt. Wenn Sie mich dahin bringen würden, könnte mich Nala besuchen und auch bei mir bleiben. Niemand wüsste davon. So wären wir beide außer Gefahr."

„Das wäre eine Möglichkeit. Ich überlege mir das. Möchten Sie so lange noch unser Gast sein, Daniel?"

„Ich richte mich nach Ihren Empfehlungen" beeilte er sich mit der Antwort.

„Das Obduktionsergebnis der Miss Carbone ist am Morgen gekommen. Noch weiß ich nicht, wie ich das zu deuten habe."

„So kompliziert?" fragte Daniel überrascht.

„Der Miss Carbone wurde mit einem stumpfen Gegenstand auf den Kopf geschlagen. Das war nicht tödlich, aber hat Ihr wohl das Bewusstsein genommen. Das kann nur außerhalb des Pools gewesen sein. Weiterhin sind Würgemale an Ihrem Hals zu finden. Der oder die Täter haben Sie also niedergeschlagen und versucht Sie zu erwürgen. An dem Kleid der Miss wurden Spuren vom Boden gefunden und es gibt eine kleine Schleifspur vor dem Pool. Also, nachdem Sie auf verschiedene Arten misshandelt worden war, wurde Sie vermutlich in den Pool gelegt und unter Wasser gedrückt. Die Todesursache ist einwandfrei Ertrinken." Benjamin war sehr nachdenklich.

Daniel hatte schaudernd zugehört und schüttelte nur noch verständnislos den Kopf.

„Ich muss ja meine Unschuld nicht beteuern, also kann ich eine Vermutung äußern, Benjamin?"

„Nur zu" ermunterte er ihn.

„Für mich hört sich das nach mehreren Tätern an" meinte Daniel.

„Das war auch meine erste Theorie. Einer hat Sie vorbereitet und der Zweite hat Ihr den Rest gegeben. So oder so ähnlich. Nur wer?"

Fragen

Benjamin Mogwa stand auf dem Balkon von Daniels Appartement. Er schaute zu Clio, die in zwanzig Meter Entfernung auf ihrem Balkon in der Sonne lag. Nackt, wie immer. „Eine wunderschöne Frau" dachte er „für die es sich zu morden lohnte?" Niemals! Mord lohnt sich nicht und wird in den allermeisten Fällen aufgeklärt.

Trotz intensiver Suche war der Speer nicht zu finden. Viel Arbeit war es nicht. Daniels Appartement war übersichtlich, auf dem Schrank war der Speer nicht und außer seiner Bekleidung, seinem Laptop und seinen Koffern befand sich nichts darin. So ging Benjamin davon aus, dass der Speer den sie suchten, in Antony steckte, mehr oder weniger.

Wie viel Kraft musste man aufwenden, um mit diesem Speer einen Menschen umzubringen. Die Tatwaffe war unterhalb des Brustbeines in den Körper eingedrungen, so viel hatte er erkennen können. Also in weiches Material. Da war es schon etwas einfacher als in den Brustkorb, vorbei an den Rippen und dem Brustbein. Antony hat seinen Mörder gekannt. Er hatte ihn ins Büro gebeten. Keine Anzeichen davon, dass er sich in den Raum geflüchtet hätte.

Auch hier gab es keinerlei klar erkennbare Hinweise auf den Grund des Mordes.

Clio musste bemerkt haben, dass Benjamin sie aus der Entfernung anschaute. Sie griff nach der Sonnenmilch und cremte mit kreisenden Bewegungen zuerst ihre herrlichen vollen Brüste ein, um dann die Bewegungen nach unten zu verlagern. Aber sie machte keinerlei Anstalten, um sich zu bedecken. Genoss sie es, sich zur Schau zu stellen? Benjamin wandte sich wieder seiner Arbeit zu und verließ das Appartement.

Jamila saß in Daniels Büro und heulte immer noch. War das der Schock, oder hatte sie einen geliebten Menschen verloren oder beides? Nala war bei ihr und auch sie schniefte gerade einige Tränen weg, als Benjamin eintrat. Wasser stand auf dem Tisch und der Kommissar bediente sich. Nachdenklich schaute er die beiden Damen an und war voller Bewunderung. Daniel hatte einen guten Geschmack.

Volker betrat das Büro, in dem es langsam zu eng wurde. Er tröstete Jamila und Nala und wandte sich dann an den Kommissar:

„Einige unserer Gäste werden schon unruhig und wollen das Resort wechseln. Haben Sie denn eine Idee, wie man diesen Leuten Ihre Angst nehmen kann?"

„Nein, keine Idee. Wir wissen nicht wer der Mörder von Miss Carbone ist und wer Antony gekillt hat wissen wir auch nicht. Wir wissen noch nicht einmal warum die Beiden getötet wurden." Benjamin blickte in drei fragende Augenpaare und kam sich einen Moment hilflos vor.

„Jambo Timo, Sie brauchen keine Angst zu haben, ich verdächtige Sie nicht." Benjamin war in den Speisesaal gegangen, um den Waiter zu treffen. „Lassen Sie uns in den Garten gehen, Alphonse hat es erlaubt."

Timo war sehr erschrocken, als der Kommissar ihn angesprochen hatte und auch jetzt, als sie im Grünen saßen, war er nicht ruhiger geworden.

„Timo, Antony wurde mit einem Massaispeer getötet. Vermutlich ist es die Waffe, die irgendjemand auf Mister Daniel geworfen hatte. Er hat Ihnen doch davon erzählt?"

„Ja, das hat er." Timo wurde nicht ruhiger.

„Sie haben ja versucht Mister Daniel zu helfen, indem Sie mit einigen Ihrer Kollegen gesprochen und sie gebeten haben, aufzupassen. Können Sie sich erinnern, wem Sie von dem Speer erzählt haben?" Benjamin versuchte, ganz ruhig mit Timo zu reden. Der Arme zitterte wie Espenlaub.

„Ich habe mit vielen Kollegen gesprochen, aber ob ich über den Speer mit jemand gesprochen habe, weiß ich jetzt auf Anhieb nicht."

„Die Miss Carbone war nicht sehr beliebt."

„Bei uns im Speisesaal hat es nie großen Ärger gegeben. Der Mister Carbone hat immer den Frauen in den Ausschnitt geschaut und wenn es ging die Brüste oder den Popo gestreichelt. Aber das betraf nur die Touristen. Uns Waiter hat er immer ein sehr gutes Trinkgeld gegeben." Timo wurde langsam ruhiger.

„Kommt Mister Daniel denn wieder aus dem Gefängnis und kann Er dann auch wieder hier arbeiten?"

„Möchtest Du das denn?"

„Ja, er ist ein guter gerechter Manager. Ich hoffe er darf weiter in unserem Hotel arbeiten."

Lazarus war verzweifelt. Er hatte Antony gewarnt. Nun war alles gegen ihn gelaufen und er war tot. Er grübelte und überlegte hin und her, was er denn tun sollte. Eigentlich müsste er zum Kommissar gehen und alles berichten. Aber dann könnte man ihn ja wegen Mitwisserschaft belangen. Warum hatte er Antony nicht von seinem Plan abgehalten? Warum hatte er die Miss Carbone nicht gewarnt? Hätte er alles verhindern können? Er musste mit jemand reden, nur mit wem? Wer konnte ihn da beraten?

Vereint

Nala schaute glücklich zu Daniel, der am Grill stand und das Fleisch auflegte. Zum Schutze seiner Männlichkeit hatte er den Lendenschurz umgebunden. Das sah von hinten lustig aus. Die rote Schleife auf dem nackten Po. Nala hatte zwei Salate gemacht, jetzt brauchte nur noch das Gegrillte fertig zu werden und sie konnten Abendessen.

Benjamin Mogwa hatte zugestimmt, Nala und Daniel hier am Love Beach unterzubringen. Möglicherweise war es im Hotel zu gefährlich. Mindestens ein Mörder war frei und konnte jederzeit zuschlagen. Mit einem neutralen Lieferwagen hatten die Polizisten Daniel und jede Menge Verpflegung hierhergebracht. Einige Decken für die Nacht und zwei Säcke Holzkohle für den Grill. Benjamin hatte mit Volker gesprochen und ein paar Tage Urlaub für Nala ausgehandelt. Dann hatte er sie abgeholt und zum Love Beach gebracht. Persönlich hatte er sich versichert, dass es nur den Eingang von der Landseite gab, der gut zu verschließen war. Dann hatte er die beiden sich selbst überlassen.

Die Zeit bis zum Abend hatten sie im Wasser und auf der Sonnenliege verbracht. Nach einigen Tagen

Enthaltsamkeit war die Wiedersehensfreude riesengroß. Sie genossen die Zweisamkeit und liebten sich mehrfach bis zum Abend.

Jetzt lagen sie nebeneinander auf der Liege und schauten zu den Sternen.

„Ich habe viel Unglück über zwei Familien gebracht" sagte Daniel.

„Nein, Du hast niemand umgebracht" widersprach Nala.

„Aber durch meinen blöden Ausspruch habe ich den Mord an Lucina Carbone ausgelöst. Vielleicht hatte Antony etwas damit zu tun, oder er hat beobachtet was passiert ist und jemand gedroht. Deshalb musste er auch sterben. Nur wer steckt dahinter?"

„Das weiß ich auch nicht. Nachdem Du mir jetzt alles erzählt hast, bin ich noch viel verwirrter. Samuel wirft das Hantelregal um, weil Du Ihm bei Miss Clio in die Quere gekommen bist. Nehmen wir an, Lazarus hat seinen Bruder beauftragt Dich im Nashorntal zu erschrecken und der hat übertrieben. Antony überredet einen Massai einen Speer nach Dir zu werfen. Und irgendjemand bringt die Miss Carbone um, um Dich ins Gefängnis zu bringen. Wer ist diese Person?"

„Clio wurde auch bedroht, mit der Schlange. Ich habe Jamila nach der Schlangenshow getroffen. Da hatte Sie ein Leinensäckchen dabei. Dieses habe ich dann in Clios Appartement wiedergefunden. War das Jamila oder Samuel?"

„Du warst mit Jamila ein paarmal aus. Ich bin ja schon eifersüchtig. Aber ...."

„Es wird nicht wieder vorkommen. Für mich gibt es nur noch Dich!" Daniel nimmt Nala in den Arm und drückt sie an sich.

„ ... es gibt da etwas, was Du nicht weißt. Lazarus ist mein bester Freund und Berater. Gerne wäre er auch mit mir zusammengekommen, aber so weit ging meine Sympathie für Ihn nie. Wir haben zwar immer wieder miteinander geflirtet. Aber er ist seit einem Jahr mit Jamila zusammen."

„Wieso ist Jamila dann mit mir ausgegangen?"

„Das war die Retourkutsche für die Flirts zwischen mir und Lazarus. Jamila hat mit mir darüber gesprochen" erklärte Nala.

„Und Antony?"

„Jamila ist einige Male mit ihm ausgegangen, aber mehr als Freundschaft war da nie und wollte Sie auch nie."

„Warst Du nicht sauer, dass ich mit Jamila ausgegangen bin?"

„Als ich es erfahren habe, bin ich zu Jamila und wir haben darüber gesprochen und einen fairen Umgang miteinander vereinbart. Wir wollten Dir die Entscheidung überlassen."

„Jamila ist eine sehr schöne Frau mit einem tollen Wesen. Ich hoffe Sie akzeptiert meine Entscheidung für Dich."

„Das tut Sie. Und wir werden weiterhin gute Freunde bleiben" versichert Nala. „Aber jetzt kümmerst Du Dich bitte nur noch um mich, ich habe schon Entzug."

Daniel tat sofort, was von ihm verlangt wurde. Er zog ihr das Strandtuch vom Leib, beugte sich über die nackte Nala und begann ihren wunderbaren Körper mit vielen kleinen Küssen zu bedecken.

.

Information?

Benjamin Mogwa saß wieder auf der Aussichtsplattform. Er war der Meinung, durch seine Anwesenheit könnte möglicherweise der oder die Täter verunsichert und zu einer dummen Handlung verleitet werden. Gerade wollte er in Daniels Büro gehen, als er in einiger Entfernung Clio und Matteo sah, die offensichtlich am Strand spazieren gingen. Nun ja, sie taten ja nichts Verbotenes, aber Benjamin registrierte es.

Timo trat ins Büro. Er machte ein Gesicht, dem man ansah, wie er sich fühlte, nämlich schlecht.

„Jambo Timo, was haben wir denn auf dem Herzen" begrüßte ihn Benjamin.

„Mir ist eingefallen, dass ich in einem Gespräch über den Speer gesprochen habe" berichtet er gequält.

„Es ist kein schönes Gefühl, einen Menschen zu belasten, Timo. Ich sehe auch dass es Dir nicht recht ist, aber es gab zwei Tote. Deine Information brauche ich. Mit wem hast Du gesprochen?"

271

„Es war eine kleine gemischte Gruppe, zwei Personen vom Roomservice, ein Askari, zwei Gärtner und ….“

„Ja??“

„Samuel“

„Was sagtest Du genau?“

„Das jemand einen Speer nach Mister Daniel geworfen habe und dass er den Speer in seinem Appartement verwahrte.“

„Jetzt bin ich auch nicht schlauer als vorher. Wir haben die Anwesenheit am Abend von Antonys Tod überprüft. Ich weiß, dass Samuel laut Liste das Hotel um 18 Uhr verlassen hat.“

„Samuel könnte es ja weitererzählt haben. Aber wem?“

„Genau das ist die Frage, die ich Ihm jetzt stellen werde.“

Aber Samuel hatte seinen freien Tag und war nicht im Hotel.

„Hallo Volker." Matteo Carbone traf den Manager am Beach, bei der Inspektion der Sonnenliegen.

„Ich möchte mich für das Verhalten meiner Frau entschuldigen. Ich weiß, dass Sie Ihnen mit Bildern gedroht hat. Aber es existieren keine Bilder, das war nur dummes Zeug."

Volker schien erleichtert.

„Und was machen Sie mit dem Wissen?" fragte er.

„Ich weiß nicht was Sie meinen, Volker" zwinkerte Matteo ihm zu.

„Es ist zurzeit schon aufregend genug, da wäre noch mehr Aufregung nicht gut fürs Herz." Volker scherzte mit mulmigem Gefühl.

„Was ist jetzt eigentlich mit Daniel?" überging Matteo das Thema „Wird der jetzt angeklagt oder was passiert mit Ihm?" wollte er wissen.

„Der Kommissar glaubt an Daniels Unschuld und hat Ihn aus dem Gefängnis entlassen."

„Wirklich? Ich habe Ihn noch gar nicht gesehen" wundert sich Matteo.

„Er ist auch nicht hier. Er ist bei Nala. Die hat in Richtung Norden ein kleines Strandhaus. Da hat der Kommissar die Beiden untergebracht. Er hat Bedenken, dass der Mörder von Antony auch Daniel umbringen möchte."

„Das ist nicht schön, ich glaube nämlich immer noch, dass Daniel meine Frau getötet hat. Aber ich bin ja nicht bei der Polizei." Matteo wirkt empört.

„Ich muss Sie aber bitten, dies nicht weiter zu erzählen."

„Ich werde sowieso übermorgen abreisen. Die Polizei hat die Leiche meiner Frau freigegeben. Da spielt es eh keine Rolle mehr, was ich glaube oder erzähle."

„Du musst herausfinden, wo sich Daniel und Nala aufhalten. Sie sollen noch ein letztes Mal erschreckt werden, dann ist es gut" leise flüsterte die Stimme durch die Grotte am Strand.

„Ok, ich glaube zu wissen, wo ich suchen muss." Ein kleines Echo verflüchtigte sich an der Decke.

Anschlag

Nala genoss es, den ganzen Tag mit Daniel zusammen zu sein. Ihr Aufenthaltsort, der sogenannte Love Beach, war perfekt. Nur mit Bade- oder Wickeltüchern bekleidet bewegte sie sich in der Hütte und am Strand. Manchmal ließ sie die Tücher auch weg und fühlte sich in ihrer Nacktheit enorm wohl. Ihre Brüste bewegten sich im Einklang ihres Körpers und ihr Selbstwertgefühl wurde durch die bewundernden Blicke und Kommentare von Daniel immer größer. Hatte sie am Anfang gezögert sich nackt hier zu bewegen, jetzt fühlte es sich für sie sehr angenehm an. Daniel hatte von Beginn an auf jegliche Bedeckung seines Körpers verzichtet. Es war für Nala immer wieder eine Freude, wenn sie ihre Brüste oder ihren Unterleib gegen ihn drückte, die sofortige Reaktion seines Gliedes zu sehen. Wenn dann seine Hände und seine Zunge alle Stellen ihres Körpers liebkosten, fühlte sie sich sehr gut. Schwimmen, Schmusen und sich lieben, so könnte es noch eine Zeit lang bleiben.

Sie saßen auf einem Wickeltuch am Strand und beobachteten wie die Seevögel im letzten Tageslicht, über die Wellen flogen. Daniel saß hinter Nala und hatte seine

Linke auf ihre Brust und seine rechte Hand zwischen ihren Schenkeln liegen. An ihrer Rückseite fühlte sie seine Erregung. Als die Dämmerung in die Nacht überging, stand Daniel auf, nahm Nala auf seine Arme und trug sie zur Sonnenliege. Sie nahmen sich viel Zeit füreinander und mit jedem weiteren Liebesakt wurde ihre Liebe intensiver.

Daniel betrachtete seine kenianische Göttin. Niemals hätte er damit gerechnet, sich hier in Kenia so zu verlieben. So, dass er sich nur noch wünschte, Nala würde nie mehr von ihm gehen. Ein Blick aus ihren wunderschönen Augen ließen alle seine Gefühle tanzen und sein Herz jubilieren. Langsam nahm er seine Hand von ihrem Fuß und ließ diese aufwärts wandern und ihr Körper wölbte sich ihm entgegen. Vorsichtig legte er sich auf Nala und sie empfing ihn mit einem wohligen Seufzer.

Sie hatte sich in ein Strandtuch eingewickelt, denn am Abend wurde es etwas kühler. Zumal der kleine Strand der Sonne abgewandt war. Sie deckte den Tisch, den sie aus der Hütte auf das Podest gestellt hatten, mit allerlei Leckereien. Daniel hatte den Grill belegt und war gerade dabei aus dem kleinen Rinnsal am Fuße der Klippen frisches Wasser zu holen. Es war schon fast dunkel, so dass Nala ihn nur noch schemenhaft sah. Plötzlich hörte sie, wie vom oberen Klippenrand einige kleine Steinchen herabkullerten. Sie schaute nach oben und erschrak. Gegen den von Sternen erhellten Nachthimmel sah sie eine Gestalt die einen großen Gegenstand mit beiden Händen hoch über dem Kopf hielt. Bevor sie überhaupt reagieren konnte, schleuderte die Gestalt den Gegenstand herunter. Ein Stein, so groß wie ein Kopf, zertrümmerte den Grill. Glühende Holzkohle flog umher und blieb als verlöschender Leuchtpunkt im Sand liegen.

„Nala in die Hütte" hörte sie Daniel brüllen und wie hypnotisiert setzte sie sich in Bewegung. Daniel kam angerannt, hob sie einfach hoch und rannte mit ihr in die Unterkunft. Nala war vor Schreck bewegungslos und hatte noch gar nicht realisiert, was da gerade passiert war. Daniel hatte sie in eine Ecke gedrückt, wo sie einigermaßen geschützt war. Er schaute spähend aus der Tür der Hütte nach oben, konnte aber nichts mehr erkennen, da es nun ganz dunkel war. Da die Holzkohle mittlerweile ebenfalls verloschen war, war es hier unten auch stockfinster. So konnte der Werfer sie nicht sehen und sie waren relativ sicher.

Daniel informierte über sein Mobiltelefon den Kommissar. Nach einer dreiviertel Stunde hatten die Männer der Polizeistation Mtwapa den Klippenrand abgesucht, aber niemanden und keine offensichtlichen Spuren gefunden. Benjamin lud Nala und Daniel in sein Auto und brachte die beiden in Nalas Wohnung.

Cocktails

Als Benjamin Mogwa das Spezialitätenrestaurant Emerald Cave betrat, wurde gerade der Nachtisch serviert. In einer halbierten ausgehöhlten Ananas befand sich ein sehr leckerer Obstsalat.

Clio erhob ihr Weinglas, um mit Matteo anzustoßen.

„Mei she ma refu" sagte er „Zum Wohlsein."

„Haben Sie einen Grund zum Feiern?" Benjamin machte ein grimmiges Gesicht.

„Nun ja, Kommissar, feiern nicht unbedingt. Heute Nachmittag haben wir in einem Gespräch erfahren, dass Miss Clio und ich morgen Nachmittag dieses schöne Land verlassen" erklärte Matteo.

„Und so haben wir spontan beschlossen, ein gemeinsames Abschiedsessen einzunehmen" ergänzte Clio.

„Setzen Sie sich doch zu uns, Benjamin" lud Matteo ein.

„Nein Danke, ich bin im Dienst. Da gehört sich das nicht" lehnte er ab.

„Da wir gerade fertig sind, nehmen wir einen Drink an der Bar. Das können Sie uns doch nicht ausschlagen" bittet Clio und Benjamin willigt ein.

Clio hatte einen champagnerfarbenen Jumpsuit an, der ihren Körper wie eine zweite Haut umhüllte. Nur die weiten Ärmel flatterten ein wenig. Hier brauchte niemand Phantasie, um sich vorzustellen, was darunter ist, es war alles klar und deutlich zu sehen. Ihre vollen Brüste schaukelten leicht unter dem durchsichtigen Stoff und das dunkle Dreieck zwischen ihren Schenkeln zeichnete sich eindeutig ab. Auf Highheels wandelte sie zur Bar.

„Für mich einen Mojito" sagte sie zum Barkeeper der mit offenstehendem Mund hinter dem Tresen stand.

„Ich nehme einen Tequila Sunrise und der Kommissar?"

„Einen Gin Tonic, Bitte" auch Benjamin konnte kaum seinen Blick von Clio wenden.

Nachdem sie ihre Cocktails bekommen hatten, begann Matteo die Unterhaltung.

„Sie sagten, Sie sind noch im Dienst?"

„Ja, leider kann ich es mir nicht leisten in einem solchen Rahmen mein Abendessen einzunehmen. Ich möchte gerne wissen, was Sie heute Nachmittag und Abend bis zu meinem Eintreffen gemacht haben. Matteo beginnen Sie."

„Hat diese Befragung einen bestimmten Grund?" wollte dieser wissen.

„Das sage ich Ihnen später" erwiderte der Kommissar.

„Also, ich habe, wie so oft seit ich hier bin, einen ausgedehnten Strandspaziergang unternommen. Dabei habe ich diverse gute Geschäfte mit den Beachboys abgelehnt. Ich ging an den Strand gegen 15 Uhr als die Meerkatzen auftauchten. Dabei habe ich Miss Clio getroffen. Um 17 Uhr war ich wieder hier. Nahm einen Drink an der Poolbar im Coral-Palm. Danach war ich in meiner Suite und habe die Sachen meiner Frau sortiert und gepackt. Um 18 Uhr 15 habe ich mich mit Miss Clio hier in der Emerald Cave zu einem Cocktail getroffen um dann anschließend gemeinsam das Abendessen einzunehmen. War das ausreichend, Kommissar?" Matteo schaute fragend.

282

„Das war es. Miss Clio?"

„Ich habe wieder ausgiebig in der Sonne gelegen und im Laufe des Nachmittags mein Gepäck geordnet. Dann bin ich an den Strand, habe zufällig Matteo getroffen. Gemeinsam sind wir dann wieder hier in die Anlage gekommen. Dann habe ich gepackt" berichtet sie.

„Hatten Sie, Miss Clio, am Nachmittag Kontakt zu Samuel?"

„Nein, soviel ich weiß, ist heute sein freier Tag. Aber warum fragen Sie das?" Clio war nun neugierig.

„Gegen 18 Uhr 30 wurde ein Anschlag auf Nala und Daniel verübt."

Clio unterdrückte einen Schrei und hielt die Hand vor den Mund.

Matteo schüttelte stumm den Kopf, um dann zu fragen:

„Ist Ihnen denn etwas passiert?"

„Wir haben sie zur Untersuchung weggebracht."

„Ich dachte, Daniel sei noch im Gefängnis" sagte Clio und schaute Benjamin fragend an.

„Wir hatten Daniel an einen anderen Ort gebracht und Nala war zu Besuch" gab er zur Auskunft.

„Und warum stellen Sie uns jetzt diese Fragen?" wollte Matteo wissen.

„Weil wir immer noch keine Ahnung haben, wer für die beiden Morde verantwortlich ist."

Benjamin verließ das Restaurant und lief langsam durch die Anlage. Seine Gedanken drehten sich im Kreis. Sie hatten nichts herausgefunden, außer, dass Daniel nicht der Täter war.

Plötzlich hatte er das Gefühl beobachtet zu werden. Er schaute sich vorsichtig um und entdeckte Lazarus am Ausgang des Speisesaales. Er kam langsam auf den Kommissar zu und sagte:

„Ich bin an allem schuld."

Benjamin schaute den Manager erstaunt an und erst jetzt bemerkte er, dass dieser am ganzen Körper zitterte.

„Können wir in Ihrem Managerbüro reden?" fragte er und als Lazarus sich in losging, folgte er ihm.

„Sie können nicht an allem schuldig sein" sagte Benjamin und erzählte den Vorfall vom Love Beach.

Lazarus war kaum noch einer kontrollierten Bewegung fähig.

„Jetzt will ich wissen, wieso Sie sich die Schuld geben" forderte ihn Benjamin auf zu erzählen.

„Antony kam zu mir und forderte mich auf, ihn zu unterstützen. Er wolle der Miss Carbone Schaden zufügen, dass Daniel ins Gefängnis kommt, da er diesen dummen Spruch gemacht hatte. Aber er wollte die Miss die Klippen runter schubsen. Und er nahm dabei in Kauf, dass Sie dabei sterben könne. Ich weigerte mich. Versuchte aber nicht Ihn von der Idee abzubringen. Darum bat er mich den Bingoabend für Ihn zu übernehmen. Während des Spiels kam er dann zu mir und sagte, wir müssen uns keine Sorgen mehr machen. Erst am nächsten Tag konnte ich mit ihm sprechen. Aber er erzählte mir nur, dass er die Miss Carbone in den Pool gelegt habe und dass Sie dabei noch am Leben war."

„Hätte ich es Ihnen gleich erzählt, könnte Antony noch leben" gab Lazarus weinerlich von sich.

„Das wäre durchaus möglich" bestätigte der Kommissar. „Nun muss ich dringend Samuel finden. An den habe ich noch einige Fragen."

„Er hat heute frei und ist nicht im Hotel. Habe ich eine Strafe zu erwarten?" fragte Lazarus.

„Das weiß ich jetzt noch nicht. Das klären wir später."

Hakuna Matata

Samuel wartete auf Clios Balkon. Er hatte sich auf dem Nachbargrundstück einen Beobachtungsplatz gesucht, von dem aus er den Eingang ihres Appartements sehen konnte. Nachdem sie zum Abendessen gegangen war, schlich er vom Strand über die Treppen in das Coral-Palm Resort. Auf dem Weg zu ihrem Appartement schob er einen Zettel unter der Tür von Matteo Carbones Suite durch. Dann lief er nach oben und kletterte auf Clios Balkon, wo er sich im Dunkeln aufhielt. Zur Sicherheit schraubte er das Leuchtmittel aus der Balkonbeleuchtung.

Als im Raum das Licht anging, sah er Clio eintreten. Kaum im Zimmer schlüpfte sie aus ihrem Jumpsuit und öffnete die Balkontür. Samuel genoss noch einige Augenblicke den Anblick von Clios nacktem Körper, bis er sich mit einem Hüsteln bemerkbar machte.

„Wer ist da?" Clio nahm ein Strandtuch, um sich zu bedecken.

„Samuel, Miss Clio" flüsterte er.

Sie ging auf den Balkon und sah ihn im Dunkel an der Brüstung kauern. Sie setzte sich auf die Sonnenliege.

„Was willst Du jetzt noch, Samuel?"

„Du wirst morgen abreisen. Ich war sehr lange für Dich da in Deinem Urlaub. Habe ich da nicht etwas verdient?" fragte er recht unverschämt.

„Wir waren doch oft zusammen und hatten sehr viel Spaß miteinander. Hat Dir das nicht gereicht?" fragte Clio.

„Ja, es hat schon Spaß gemacht. Aber vom Spaß alleine kann ich nicht leben. Als Animateur verdiene ich nicht so viel und bin auf Zusatzgeld angewiesen. In der Zeit, in der wir zusammen waren, hätte ich woanders einiges Geld verdienen können." Samuel wollte die letzte Chance nutzen um etwas rauszuschlagen.

„Hast Du denn eine Vorstellung, was Dir Deine Freizeit wert sein könnte?"

„Also ich dachte an Kenyashilling im Wert von 500 Euro. Das wäre ausreichend" Samuel lächelte Clio an.

„Bist Du verrückt. Wo soll ich denn jetzt so viel Geld hernehmen?"

„Du kannst morgen hier im Hotel mit Deiner Kreditkarte noch Bargeld bekommen. Ich komme dann nochmal hierher. Oder soll ich dem Kommissar erzählen, dass Du einiges weißt?"

„Ok, morgen nach dem Frühstück."

Samuel betrat die Grotte. Es war stockdunkel und man konnte nur von innen nach außen etwas sehen. Am Strand liefen nur noch ganz vereinzelt Personen umher, so dass es einfach war, ungesehen in die Grotte zu gelangen. Bei einem Beachvolleyballspiel war einmal ein Ball in das Eingangsloch gekullert, da hatte er sie entdeckt. Seitdem nutzte Samuel sie für verschiedene Aktivitäten. Er konnte hier sehr gut diverse Waren verstecken oder auch mit Touristinnen eine nette Zeit verbringen. Er musste nur die Gezeiten im Auge behalten, denn der Zugang zur Grotte befand sich bei Flut nur noch wenig über der Wasserlinie. Bis in die Höhle kam das Wasser nur bei sehr schlechtem

Wetter mit hohen Wellen. Jetzt war Ebbe, die Flut würde erst in vier Stunden am Eingang sein.

Miss Clio würde morgen abreisen. Schade, er mochte sie sehr gerne. Außerdem war sie eine hübsche Lady, die Spaß daran hatte, alles zu zeigen, was eine Frau so hatte. Bis Daniel seinen Job antrat, hatten sie jede Menge gemeinsame Aktivitäten. Aber Samuel hatte schon eine andere Dame im Paradies Resort angebaggert. Nicht ganz so hübsch wie Miss Clio, jedoch mit Geld sehr viel freigiebiger.

Samuel setzte sich in den Sand und wartete. Er schaute durch verschieden große Löcher der Grotte nach draußen. Viel sehen konnte er bei der Dunkelheit nicht. Ein leises Geräusch hinter ihm veranlasste ihn, sich umzudrehen. Der Schlag traf mittig auf seinen Schädel. Samuel sank in sich zusammen und spürte die weiteren Schläge nicht mehr, die seinen Kopf zertrümmerten.

Samuel war tot.

Eine dunkel gekleidete Gestalt huschte aus der Grotte, schaute sich vorsichtig um und lief langsam zu der Treppe, die nach oben zur Aussichtsplattform führte.

In der Nacht frischte der Wind auf und blies die Flut heftig an den Strand und die Wellen zerrten Samuel halb aus der Grotte. Die ersten Beachboys, die schon früh ihre Waren den Touristen präsentieren wollten, fanden seine Leiche. Kurz danach war auch Benjamin Mogwa am Strand. Ein Polizist checkte die Grotte und entdeckte darin eine Kurzhantel aus dem Fitnessraum des Coral-Palm Resort. Da sie mit Blut verschmiert war, lag es nahe, dass dies die Tatwaffe sein konnte. Von Samuels Kopf war fast nichts mehr vorhanden.

Die Hotelanlage und der Strand wurden großflächig abgesperrt. Die Hotelgäste des Coral-Palm Resort mussten die Einrichtungen des Shanzu und Paradies benutzen. Zwei Polizisten durchsuchten die Grotte gründlicher und fanden allerlei Treibgut, das sie in Körbe packten und zur Polizeistation brachten. Benjamin hatte wieder Daniels Büro belegt. Gerade hatte er ein Telefongespräch beendet, als Volker eintrat.

„Herr Kommissar, Miss Clio und Mister Carbone haben, zusammen mit anderen Touristen, die Hotelrechnung beglichen. Die Abreise der beiden ist von Ihnen genehmigt. Ändert der Tod von Samuel daran etwas?"

„Wieviel Zeit haben wir noch bis Sie das Hotel verlassen?"

„Der Bus fährt in zwei Stunden. Der Flug von Miss Clio startet in drei Stunden und der von Mister Carbone 15 Minuten später."

„Dann unternehmen wir dahingehend vorerst nichts" bestimmte der Kommissar. „Lassen Sie mir einen Kaffee bringen, Bitte."

Benjamin hatte Kopfschmerzen. Viele Gedanken flogen ihm durch den Kopf, aber keiner brachte ihn der Lösung der Fälle näher.

Timo kam in das Büro mit einem Tablett, auf dem eine Tasse und eine Kaffeekanne standen. Er schloss die Tür hinter sich und stellte alles auf den Schreibtisch.

„Jambo Herr Kommissar, ich habe gestern Nachmittag über einen Gärtner Kontakt zu einem der Beachboys bekommen. Der behauptet, er wisse etwas über die Touristen, die in den Mordfall der Miss Carbone verwickelt sind. Aber er will mir nichts sagen, wenn er kein Geld dafür bekommt" sprudelt Timo heraus.

„Du weißt wo er jetzt ist?"

„Nicht weit von hier befindet sich am Strand eine kleine Bar mit Massageplätzen. Dort hält er sich sehr oft auf" informiert Timo.

Benjamin Mogwa trinkt einen schnellen Schluck Kaffee, verbrennt sich fast die Lippen und gibt Anweisungen, solange er nicht wieder zurück ist, darf niemand das Hotel verlassen.

Nach kurzem Fußmarsch am Strand sieht der Kommissar eine kleine Hütte unter hohen Palmen mit mehreren Plastikstühlen und Tischen davor. Das Getränkeangebot ist auf einem Regal ausgebreitet. Im Hintergrund, fast vom Dickicht verborgen, die überdachten Podeste mit darauf liegenden frisch bezogenen Matratzen. Etwas weiter hinten steht das neue Massagehaus. Mehrere kenianische Frauen bieten Massage, Zopffrisuren und Holzschnitzereien an. Neben der Hütte sitzen drei Männer am Boden.

„Das ist Harold. Er sagte mir, dass er etwas weiß" deutete Timo auf einen der drei.

Benjamin Mogwa zückte seinen Ausweis und schickte die beiden anderen weg.

„Was hast Du nur gegen Bezahlung zu erzählen?"

Harold wand sich in Ausflüchten, aber als der Kommissar ihm drohte, begann er zu berichten.

„Die schöne braunhaarige Miss kam oft mit Samuel hier vorbei zum Strandspaziergang. Auf dem Rückweg machten Sie oft Pause. Meistens mietete die Miss eine Massageliege und ließ sich massieren" berichtete er.

„Welche Frau massierte die Miss?"

„Keine Frau. Samuel massierte."

„Na ja, das ist ja jetzt nichts Besonderes. War das alles?" Benjamin wollte gerade wieder gehen, als Harold weitersprach.

„Manchmal kam die Miss auch mit einem anderen Mann hierher. Dann mieteten sie das Massagehaus für zwei Stunden. Was sie darin gemacht haben weiß niemand, sie schlossen Fenster und Türen." Harold schaute den Kommissar erwartungsvoll an.

294

„Wer war der Mann?" fragte Benjamin.

„Der grauhaarige italienische Tourist."

„Wir haben etwas interessantes gefunden" empfängt ein Polizist den Kommissar im Büro. „In der Grotte lag ein Schlüsselanhänger vom Coral-Palm Resort. Er kann noch nicht lange dort gelegen haben. Zimmernummer 111."

„Bringen Sie mir sofort die Miss Clio und den Mister Carbone in den Speisesaal. Vorne an den Gartenbereich. Alles andere wird abgesperrt."

Meeting

„Miss Clio, wir haben herausgefunden, dass Sie manchmal das Massagehaus am Strand gemietet haben um dort einige Zeit mit Mister Carbone zu verbringen. Was sagen Sie dazu?"

„Wir sind erwachsene Menschen, Kommissar. Wer sollte uns das verbieten?" antwortete Clio.

„Das ist wahr" Benjamin war enttäuscht „Mister Carbone zeigen Sie uns bitte Ihren Schlüsselanhänger."

„Den habe ich vor einiger Zeit bei einem Strandspaziergang verloren" erwiderte Matteo.

Ein Polizist kam zu Benjamin und flüsterte ihm etwas ins Ohr.

„Ich bin gleich wieder da." Der Kommissar ging zum Ausgang, wo Timo mit Duncan dem Chef der Askaris auf ihn wartete.

Daniel stand unter der Dusche und spülte sich gerade den Schaum vom Körper, als Jamila das Badezimmer betrat. Er war sehr erstaunt und suchte nach einem Handtuch.

„Jambo Daniel, wie geht es Dir?" lächelte sie ihn an.

„Gut, Danke. Wie kommst Du hier rein und was willst Du hier?" Er war verlegen, weil er nackt vor ihr stand.

„Na Jamila, noch alles dran an Ihm?" Nala gesellte sich zu den beiden ins Badezimmer.

„Ja, Du hast Ihm tatsächlich nichts abgeschnitten. Wobei, die Haare sind schon sehr lang. Aber ansonsten sieht alles bestens aus" meinte Jamila.

„Also, wenn alles bestens ist, dann zieht Euch aus und kommt auch unter die Dusche" sagt Daniel und verschränkt die Arme vor der Brust.

„Geht leider nicht" antwortet Jamila „der Kommissar schickt mich. Ihr sollt ins Hotel kommen. Samuel wurde ermordet."

„Oh mein Gott, wann hört das denn endlich auf?" Daniel stöhnt leise auf und Nala reicht ihm ein Handtuch.

Der Speisesaal ist von Polizisten umstellt. Die Klimaanlage läuft auf voller Stärke, aber die Menschen darin frösteln aus einem anderen Grund. Werden sie gleich erfahren, wer Lucina, Antony und jetzt auch noch Samuel ermordet hat?

Benjamin schaut sich um. Am Fenstertisch sitzen Miss Clio und Mister Carbone. Den nächsten Tisch belegen Sabine und Volker und daneben Jamila, Nala, Daniel und Lazarus. Im Hintergrund hält sich Duncan mit zwei Askaris auf.

„Miss Clio, wann haben Sie Samuel zum letzten Mal gesehen?"

„Er kam gestern Abend nach meinem Dinner zu mir ins Appartement."

„Wollte er sich von Ihnen verabschieden?"

„Ganz ähnlich, Benjamin. Er wollte für seine speziellen Leistungen bezahlt werden und verlangte Geld von mir."

„Welche Leistungen?"

„Nun ja, Er hat mich oft auf Spaziergängen begleitet und mich auf den Massagestationen massiert. Manchmal besuchte er mich auch in meinem Appartement." Clio warf Daniel einen bedauernden Blick zu.

„Haben Sie Ihm Geld gegeben?"

„Gestern Abend nicht, ich habe heute Morgen meine Kreditkarte mit 500 Euro belasten und vom Kassierer den Gegenwert in Keniashilling auszahlen lassen. Die wollte ich Samuel nach dem Frühstück übergeben" berichtet Clio und Matteos Mine verfinsterte sich.

„Wann hat er Sie verlassen?"

„Es muss wohl gegen 22 Uhr 30 gewesen sein."

„Das deckt sich mit der Aussage eines Askaris, der Samuel beim Verlassen Ihres Zimmers beobachtete. Sie wussten vom Massaispeer der nach Daniel geworfen wurde und dass Er ihn in seinem Zimmer aufbewahrte?" wollte Benjamin wissen.

„Nein, davon wusste ich nichts." Clios schaute kurz Matteo an, dessen Blick immer finsterer wurde.

„Mister Carbone, wir haben eine Aussage von einem Askari, der heute Nacht Dienst an der Treppe und an der Aussichtsplattform hatte. Es ist der Askari, der bei seinem kleinen Rundgang Samuel aus Miss Clios Appartement kommen sah. Dieser Mann berichtet, dass er Samuel beobachtete, als er die Treppen zum Strand runterging. Er wunderte sich, dass Er unten sofort aus seinem Blickfeld verschwand. Gleich links von der Treppe befindet sich der Eingang der Grotte, in der wir heute Morgen Ihren Schlüsselanhänger und die Kurzhantel, die Tatwaffe, gefunden haben. Kurze Zeit nachdem Samuel am Strand verschwunden war, kamen Sie die Treppen herauf und gingen in Ihre Suite. Was sagen Sie dazu?"

„Ich sagte bereits, dass ich den Schlüsselanhänger am Strand verloren habe. Gestern Abend, als ich mich von Miss Clio nach dem Dinner verabschiedete, nahm ich an der Poolbar des Paradies Resort noch einen Cocktail. Danach ging ich an den Strand und lief unten zurück zur Treppe" erklärte Matteo.

„Sie haben nicht in der Grotte auf Samuel gewartet um Ihn umzubringen?"

„Nein, warum sollte ich das tun?" fragt Matteo.

„Weil er zu viel wusste! Und mit diesem Wissen hat er Sie erpresst, genauso wie Miss Clio."

„Was sollte er denn wissen?"

„Dass Sie zur Miss Clio eine Beziehung aufgebaut haben. Dass Sie gesehen haben, wie er Ihre Frau niederschlug. Dass Sie dies dann ausnutzten um Lucina umzubringen. Dass Er Ihnen berichtete, wo der Massaispeer ist, mit dem Sie dann Antony getötet haben, weil dieser Samuel drohte. Und dass Sie Ihn gebeten haben Nala und Daniel nochmals richtig zu erschrecken, was er dann auch gestern Abend getan hat" zählte Benjamin auf.

„Können Sie das auch beweisen, was Sie da gerade aufgezählt haben?"

„Samuel hat alles was er freiwillig getan hat, zum Beispiel das Hantelregal umwerfen um Daniel zu schaden und alles was er in Ihrem oder Miss Clios Auftrag ausgeführt hat seinem Bruder erzählt um sich abzusichern. Samuels Bruder ist nämlich Askari hier im Hotel. Samuel wollte Ihrer Frau einen Schrecken einjagen um Daniel aus dem Hotel rauszubekommen, zusammen mit Miss Clio. Auch da hat er sich abgesichert. Die ganze Begebenheit wurde von zwei Askaris beobachtet. Der Bruder von Samuel hatte nämlich an diesem Abend frei, an dem es passieren musste. Aber Samuel hat ihn gebeten zu kommen. Was er dann auch tat, um mit dem im Dienst befindlichen Askari die Tat anzuschauen. Er wollte dabei sicher gehen, dass die Miss Carbone auf keinen Fall bleibenden Schaden nimmt, sondern nur erschreckt wird." Als Benjamin geendet hat, sieht er in Matteos bleiches Gesicht. Clio schaut nur desinteressiert geradeaus.

In diesem Moment betrat ein Polizist den Speisesaal und winkte Benjamin zu sich, um ihm etwas zu zeigen.

Als der Kommissar zu Matteo zurückkehrte, war sein Gesicht versteinert.

„Wir haben Ihre Suite durchsucht und leider nichts Belastendes gefunden. Aber einer meiner Mitarbeiter hat den Abfallsack des Roomservice vor der Tür stehen sehen und darin einen Zettel entdeckt, auf dem folgendes zu lesen ist:"

„Hallo Matteo, bitte bringe das Geld heute Abend noch in die Grotte, Samuel."

Die Nacht

Wie immer, wenn Bingo als Abendevent angesagt war, hatten Waiter die Sonnenliegen vom großen Liegeplatz um den Shanzu Pool weggeräumt und dafür Tische und Stühle in ansprechender Formation angeordnet. Vor dem Pool stand ein langer Tisch, an dem der Spielleiter Platz genommen hatte.

Lucina langweilte sich. Eigentlich hatte sie sich auf das Bingo heute Abend im Shanzu Resort gefreut. Aber dann hatte Lazarus, der Manager vom Paradies das Spiel eröffnet, weil Antony plötzlich erkrankt war. Lazarus schien sehr unkonzentriert und machte einige falsche Ansagen. Lucina ging es nicht darum zu gewinnen. Sie wollte nur etwas Abwechslung. Aber das kam gerade nicht so sehr bei ihr an. Ben, der Waiter, brachte ihr einen Planters Punch, auch der schmeckte nicht so wie sonst. Lag es an dem Streit am Mittag mit dem Hotelmanager des Coral-Palm Resort oder was war heute mit ihr los? Lucina nahm sich vor, morgen früh mit Daniel zu reden. Sie hatte wohl übertrieben und er hatte Recht. Versuchte er doch seine Mitarbeiter zu schützen.

Manchmal rastete sie unkontrolliert aus und wusste später auch nicht warum. Die Wechseljahre hatte sie ja schon längst hinter sich. Sie nippte an ihrem Cocktail und dachte an Matteo. Er gab sich ja sehr viel Mühe, ihr ein guter Ehemann zu sein. Aber seit vielen Jahren lebten sie nur noch nebeneinander her. Sie hatte keine Lust mehr auf einen neuen Mann und Matteo wollte nur bequem von ihrem Geld leben. Vielleicht war es die ständige Unzufriedenheit, die solche Situationen wie heute Mittag mit dem armen Waiter hervorbrachten? Möglicherweise. Sollte sie es doch mal mit einem jungen Liebhaber probieren? Der könnte wieder ein bisschen Abwechslung und Aufregung in ihr Leben bringen. Warum nicht? Matteo würde sich nicht trauen, etwas dagegen zu tun, er hatte den Ehevertrag akzeptiert und der Nachteil lag klar bei ihm.

Mist, jetzt hatte sie auch noch die Ansagen von Lazarus verpennt. Kein schöner Abend. Lucina schlürfte ihren Cocktail aus und stand auf.

Matteo saß an der Poolbar des Shanzu Pools mit dem Barkeeper ins Gespräch vertieft, vor sich einen Tequila Sunrise. Für sein Alter war er noch recht ansehnlich, sinnierte Lucina. Er sah sie kommen und richtete sofort seine Aufmerksamkeit auf sie.

„Hallo Lucina, keine Lust auf Bingo?" fragte er.

„Nein, macht keinen Spaß heute Abend. Ich gehe in die Suite, habe gerade ein gutes Buch angefangen" antwortete sie.

„Soll ich Dich begleiten?" Matteo schaute bedauernd auf seinen angetrunkenen Cocktail.

Sie schüttelte den Kopf, winkte ab und ging langsam weg.

Matteo saß so an der Bar, dass er Lucina eine Weile sehen konnte. Als sie um einen Busch herumging, sagte er zum Barkeeper:

„Ich gehe mal zur Toilette, bin gleich wieder da."

Matteo beeilte sich da der Weg zu den WC-Räumen, die in der Lobby waren, nicht in dieselbe Richtung führte, wie Lucinas Rückweg zur Suite. Kurz vor der Eingangshalle bog er ab und huschte in das Dunkel der Bäume. Er hastete durch die Anlage und spähte nach Lucina aus. Er entdeckte sie bei dem kleinen dunklen Gebäude vor der Poolbar vom Coral-Palm Resort. Gerade bog sie um die Ecke und entschwand seinen Blicken. Matteo hastete weiter um den großen Pool herum, so konnte er ihren Weg kurz vor den Suiten kreuzen, um sie die Klippen runter zu stoßen. Ein wenig außer Atem erreichte er den Punkt, an dem er auf das Zusammentreffen mit Lucina hoffte. Er drückte sich in den Schatten einer Palme und wartete. Aber sie kam nicht. Warum lief sie denn nun so langsam, wie sollte er dem Barkeeper eine lange Toilettenzeit erklären? Wenn sie jetzt nicht gleich kam, war der Moment verpasst. Matteo wurde ungeduldig, verließ seinen Standpunkt und lief Lucina vorsichtig entgegen. Als er um die Ecke der dunklen Poolbar lugte, sah er zwei Gestalten miteinander ringen. Eine davon war seine Frau, die andere Gestalt konnte er im Dunkeln nicht erkennen. Der Unbekannte holte gerade aus und schlug ihr mit einem Gegenstand auf den Kopf. Lucina brach zusammen und der Schläger kniete neben ihr nieder. Sie lag still am Boden und rührte sich nicht mehr. Die Gestalt über ihr war ganz in schwarz gekleidet und hatte eine dunkle Kapuze auf. Nach allen Seiten schauend, entfernte er sich schnell.

Als Matteo zu seiner Frau huschen wollte, trat eine weitere Gestalt hinter einen Busch hervor. Auch die war ganz in Schwarz gekleidet, hatte aber keine Mütze auf, so dass Matteo den afrikanischen Kopf sehen, trotzdem nicht erkennen konnte. Schnell kniete der bei Lucina nieder und umfasste mit beiden Händen ihren Hals. So fest er konnte, drückte er zu. Plötzlich hielt er inne und schaute sich um. Den passenden Moment der Flucht hatte er versäumt.

Aus der Richtung, in die sich der Schläger entfernt hatte, näherten sich zwei Personen, vermutlich die erste, welche Lucina niedergeschlagen hatte, und ein Helfer. Kurz erschraken die beiden dunklen Gestalten und eine suchte Schutz hinter einer Palme. Der andere näherte sich dem bei seiner leblosen Frau verharrenden Person. Sie verständigten sich kurz und hoben gemeinsam Lucinas schweren Körper vom Boden. Zuerst schien es, als ob sie sich den Klippen nähern wollten, aber dann legten sie Lucina auf die Pooltreppen. Da am Abend die Lichter und die Filteranlage abgeschaltet wurden, hatte der Pool keine Bewegung und Lucinas lebloser Körper blieb da liegen. Matteo entfernte sich schnell, um über die Lobby des Shanzu an die Bar zurückzukehren. Kaum saß er vor seinem Cocktail, sah er Antony bei Lazarus erscheinen.

Kurz sprachen die beiden miteinander, dann entfernte er sich. Matteo überlegte, was er tun sollte. Er hoffte, dass Lucina den Überfall nicht überlebt hatte. Aber er musste sich davon überzeugen. Mit langen Schlucken trank er seinen Cocktail aus, gab wie immer ein üppiges Trinkgeld und lief, anfangs langsam, dann, außer Sichtweite, etwas schneller in Richtung Coral-Palm Resort. Nach allen Seiten sichernd schaute er durch die um diese Zeit meist menschenleere Anlage. Matteo ging zum kleinen Pool. Gerade als er ankam, regte sich Lucina. Die Gestalten hatten keine gute Arbeit gemacht, sie lebte noch und begann langsam sich zu bewegen. Blitzschnell kniete Matteo sich neben den Pool und drückte das Gesicht seiner Frau unter Wasser. Wohl durch die vorherige Misshandlung der zwei Missetäter war sie noch nicht wieder bei Kräften und konnte gegen seinen harten Griff nichts ausrichten. Sie schnappte nach Luft, bekam Wasser in Mund und Lunge und in letzter Panik wollte sie sich wehren, war aber mittlerweile zu schwach. Matteo drückte nicht nur das Gesicht seiner Frau runter, er drückte ihr auch die Kehle zu und kurze Zeit später hörten ihre Bewegungen auf und mit leblosen, fragenden Augen sank sie langsam zum Boden des dunklen Pools.

Matteo schaute sich um, aber es war ringsum dunkel und wohl auch niemand unterwegs. Er hastete zu den Treppen in der Nähe des Pools und stieg schnell hinab an den Strand. Es war Ebbe, dadurch blieb genügend Platz, um mit schnellen Schritten bis zum Strandabschnitt des Paradies Resort zu eilen. Die einsetzende Flut würde die Spuren bis morgen früh verwischen. Matteo lief den Weg zur Hotelanlage hoch und sah die Poolbar des Paradies Resort zwar ohne Gäste, aber noch geöffnet. Er schaute seine Kleidung an, die an manchen Stellen etwas nass war und ging zur Bar.

„Jambo Mister Carbone" begrüßte ihn der Barkeeper „haben sie noch einen Spaziergang gemacht?"

„Ja, ich war noch unten am Strand und habe mir von dort den Sternenhimmel angesehen. Mixe mir bitte einen Tequila Sunrise" antwortete Matteo.

„Die Miss Carbone kommt noch?" wollte der Barkeeper wissen.

„Nein, die ist schon schlafen gegangen."

Und so saß Matteo bei seinem mittlerweile dritten Cocktail, als ihn Volker, der Manager, zum Coral-Palm Resort holte, um ihm zu zeigen, dass seine Frau tot war.

Kwaheri

Der Askari und der Bruder von Samuel berichteten die Begebenheit am Abend des Todes von Lucina Carbone ohne Stockung und niemand zweifelte an der Richtigkeit der Angaben. Der Animateur hatte die beiden eingeschüchtert, nichts zu erzählen. Auch hatte er ihnen einen Geldbetrag versprochen. Aber da Samuel jetzt tot war, mussten sich die zwei Askaris nicht mehr daran halten.

„Zweifellos war eine der dunklen Gestalten Samuel. Der andere wohl Antony. Bliebe nur noch eine Frage offen, wer war die dritte dunkle Gestalt bei diesem Mord? Wollen Sie dazu etwas sagen, Miss Clio?"

„Nein." Clio war absolut gefasst und antwortete schnell und sicher „Ich habe niemand umgebracht."

„Dann gehen Sie alleine ins Gefängnis, Mister Carbone." Benjamin schaute Matteo strafend an.

„Nein, Clio, Du gehst mit ins Gefängnis. Du hast mich zu der Tat getrieben. Über mich wolltest Du an Lucinas Geld kommen. Du bist ein durchtriebenes Miststück. Du hast extra, um mich eifersüchtig zu machen, eine Affäre mit

Daniel begonnen. Dann hast Du zu mir gesagt, bring Deine Alte um und ich bin wieder bei Dir. Du hast von mir verlangt, dass ich Antony umbringe, damit er Samuel nicht noch mehr drohen würde und dieser die Nerven verliert. Du hast Samuel zu diesem Strand geschickt um Nala und Daniel zu erschrecken und Du hast mir geraten Samuel umzubringen, weil er uns erpresst hat." Matteo war außer sich und schrie Clio an, die von zwei Polizisten vor ihm geschützt werden musste.

Clio lächelte Matteo an und sagte „Ich habe niemand getötet."

Überraschung

Sie saßen beim Dinner in der Emerald Cave. Jamila und Nala hatte ihre schönsten Kleider angezogen und beide sahen aus wie Schönheitsköniginnen. Lazarus trug heute nicht seinen Kaftan, sondern wie Daniel, dunkle Hose und weißes Hemd. Einige Wochen waren vergangen seit dem Tod von Lucina Carbone. Für viel Aufsehen hatten die Ereignisse gesorgt und die Hotelgesellschaft war in Sorge um das Image der Hotelanlage. Aber die neuen Gäste wussten schon nicht mehr, was hier passiert war, und so ging mittlerweile alles wieder seinen geregelten Gang. Auf Fürsprache von Volker wurde Daniel weiter als Leiter des Coral-Palm Resort eingesetzt. Kurze Zeit teilten sich Daniel und Lazarus das Management des Shanzu Resort, bevor dieses einen neuen Manager bekam. Es war eine kleine Sensation an der Küste des Shanzu Beach. Nala wurde als Manager in Ausbildung für das Shanzu Resort eingesetzt. Volker, Lazarus und Daniel unterstützten sie mit voller Kraft. Seither trafen sich die vier Freunde jeden Freitagabend in dem Spezialitätenrestaurant. Zwar war immer einer im Dienst, aber das konnten sie verkraften.

Nach der zweiten Flasche Wein und dem Dessert wurde auch heute wieder viel gelacht und die Mitarbeiter im Restaurant freuten sich über ihre sympathischen Chefs.

In einer Gesprächspause wurde Lazarus plötzlich ernst.

„Daniel, ich möchte mich noch bei Dir entschuldigen, für die Vorkommnisse auf Safari" sagte er in bittendem Ton.

Jamila wurde hellhörig. Was war da jetzt los?

Und Daniel erzählte ihr seine Erlebnisse im Nashorntal.

„Warum hast Du das eigentlich gemacht?" fragte er dann Lazarus „Du warst doch schon mit Jamila zusammen."

„Richtig, aber Ihr beide seid miteinander ausgegangen und ich war sehr unsicher, ob Jamila bei mir bleiben würde. Ich sprach mit Antony nachdem ich erfahren hatte, dass Du auf Safari gehst. Wir beschlossen dann, Dir eine Warnung zu geben. Antony wusste nichts von mir und Jamila, Er dachte, dass Sie zu Ihm gehören müsse und Nala zu mir. Chuma, mein Bruder, ist ja Safarifahrer im Amboseli und Er hat die Sache dann arrangiert. Leider ist das

315

schiefgegangen. Er sollte wegfahren und Dich nach 20 bis 30 Minuten wieder abholen. Aber er fuhr in einen großen Stachel und schlitzte sich einen Reifen auf. Die Ranger halfen ihm beim Reifenwechsel. Da es mittlerweile schon Nacht war, ließen Sie Ihn nicht wieder zurück, sondern schickten Ihn zur Kilimandscharo Buffalo Lodge. Dort stellte er den Jeep ab und fuhr mit dem Fahrrad nach Hause. Eine Woche hat er sich nicht zur Lodge getraut. Aber er darf wieder fahren. Burkhard war nachsichtig. Ich hoffe Du bist es auch."

„Na ja, ich habe eine tolle Nacht in einem Massaidorf verbracht. War doch auch eine Erfahrung. Die Sache mit dem Löwen war allerdings schon sehr aufregend. Vergeben, aber nicht vergessen. Jedoch nicht im Sinne von nachtragend. Jamila, wie war das mit der Schlange und Miss Clio?"

„Samuel war den ganzen Abend um mich herum und wollte an eine der Schlangen. Er wusste, dass die Miss sehr große Angst vor diesen Tieren hatte und wollte Sie erschrecken. Er bat mich, ihm eine Schlange zu besorgen, da ich ja in der Show mitwirkte. Aber er bestand darauf, keine Giftschlange. Das hätte ich mich auch nicht getraut. Die

Python habe ich Ihm in einem kleinen Leinensäckchen übergeben und Er hat sich in der Nacht auf ihren Balkon geschlichen. Die Miss schlief immer bei offener Balkontür. Er ging ins Zimmer und legte die Schlange aufs Bett zur schlafenden Clio. Die Schlange suchte sich dann wohl den wärmsten Platz, direkt auf dem Bauch von Ihr" klärte Jamila auch diesen Vorfall auf.

„Ok, da nun alles geklärt ist, lasst uns noch ein Gläschen trinken und die ganze Sache als erledigt ansehen" machte Daniel den Abschluss und alle waren einverstanden.

Benjamin Mogwa kam nach dem Frühstück und berichtete den Managern, dass der Staatsanwalt Matteo Carbone angeklagt hat und in einiger Zeit würde er vor Gericht gestellt, mit dem Vorwurf des Mordes an seiner Frau Lucina und Samuel. Den Mord an Antony wollte er nicht begangen haben. Er behauptet, es war Miss Clio. Aber dafür gibt es keine Beweise.

Ein aktives Mitwirken am Mord an Miss Carbone konnte Clio nicht eindeutig nachgewiesen werden. Sie durfte nach Deutschland ausreisen, aber die deutsche Polizei wurde informiert.